他在零点重启

贺兰邪 著

陕西新华出版传媒集团
未来出版社

脑洞书系

图书在版编目（CIP）数据

他在零点重启 / 贺兰邪著. -- 西安：未来出版社，2020.4

（脑洞故事）

ISBN 978-7-5417-6862-0

Ⅰ.①他… Ⅱ.①贺… Ⅲ.①故事–作品集–中国–当代 Ⅳ.①I247.81

中国版本图书馆CIP数据核字（2020）第010987号

他在零点重启
TA ZAI LINGDIAN CHONGQI　　贺兰邪 / 著

作　　者：贺兰邪		社　　长：李桂珍
监　　制：陆三强　杜普洲		丛书策划：王小莉　徐　晶
丛书统筹：王小莉　肖桂香		责任编辑：杨雅晖
特约策划：肖桂香		封面设计：资　源
美术编辑：郭　宁		技术监制：宋宏伟　刘　争
封面供图：尹玉君		宣传营销：陈　欣　贾文泓
发行总监：樊　川　王俊杰		地址邮编：西安市丰庆路91号（710082）
出版发行：未来出版社		印　　刷：天津中印联印务有限公司
电　　话：029-84288355		开　　本：700 mm × 1000 mm　1/16
经　　销：全国各地新华书店		总 字 数：242千字
印　　张：15		印　　次：2020年4月第1次印刷
版　　次：2020年4月第1版		定　　价：39.00元
书　　号：ISBN 978-7-5417-6862-0		

版权所有，翻印必究

（如发现印装质量问题，请与承印厂联系退换）

PREFACE

序言

唯愿天晴时有风

这是我人生中，第一次写序言，也是我人生中的第一本书。

编辑让我写序言时，我不知道该写什么，我在百度上搜了搜序言该怎么写。序言需要讲明作者创作这本书的意图和创作经过。

写这本书，动笔第一个故事《日记中的妻子》是在2018年10月中旬。时至今日，我依然记得2018年的10月份是我最忙的时候，因为那段时间稿子堆积如山，除了写这本书以外，我还需要写其他的。

当时与编辑商量，需要写十几个脑洞小故事。在短期内，我没有办法去构思十五个小故事，我只能找一个朋友，和他一起讨论梗概，然后收集好十八个点子，把它们全部罗列出来，选出最好的几个后我开始写这本书。

这本书一开始写起来并不顺利，直到第二个故事写出来后，才开始下笔如有神助。在那段时间里，我基本上是每天完成一个短篇故事，现在想起来，那个时候的我真的精力旺盛，灵感丰沛。

我写故事很喜欢写悲剧，因为不管是电影小说还是人生，往往只有悲剧才叫人记忆深刻，仿佛那些求而不得的遗憾，才能让人记挂于心，经久多年也难以忘怀。

但是在这本书里有几个故事，他们并不是遗憾，也不是悲剧，我所给的是属于他们最好的结局。

现在仔细回想，我第一次动笔写故事是在小学六年级，那个时候属于瞎写，即便是这种瞎写，也从六年级持续到了今日。初中的时候，我的一篇作文被老师打印出来，给同学们做阅读理解。老师提问：这表达了作者怎样的思想和情怀？

我在心里偷笑，并没有思想和情怀，只是装作伤春悲秋在凑字数。

一直到2016年我才正式步入写作这条路，那个时候我人生中的第一篇短篇登上了杂志，结识了一堆朋友。我很感谢他们，因为他们我才走在这条路上，遇见了更多的人。

那个时候，我开玩笑一样跟他们说：如果以后出书了，我一定要写一篇感谢信叫"感谢我选择努力，感谢幸运选择我"。

如今愿望算是达成了。

当我写下这篇序言时，已经是2019年10月。时隔一年，我的日子过得十分不理想，比起2018年在半山腰的日子，我现在可以说是被现实踹走，躺在山脚。我换了工作，这个工作低于我的预想，稿子也是一塌糊涂，仿佛所有的不幸都集结在这一年。

我在黑暗阴森的山路上，一路上被风吹雨打，走了好久好久。庆幸的是这阳光终于出现了，即使我见到它的时候，它已经是夕阳，但这并不影响它霞光万丈的美貌。

太阳就是太阳，不管它的出现是朝阳还是夕阳，都足够让人震撼。

也许，你们之中有人见过这个标题，也许也有人从未见过。

这是你们最熟悉的故事，也是我最喜欢的一句话。

"唯愿天晴时有风，阴雨时有伞，世间幸事皆在你身侧。"

就像是之前我们认识的那样，这一次我们重新认识一次吧！

看完这十五个故事，你就是我的新朋友。

CHAPTER 01
他在零点重启 —————————— 001

CHAPTER 02
第七年 —————————— 017

CHAPTER 03
通往幸福的选项 —————————— 031

CHAPTER 04
时间旅馆 —————————— 047

CHAPTER 05
锦鲤轮盘 —————————— 065

CHAPTER 06
随机删除 —————————— 079

CHAPTER 07
完美伴侣 —————————— 095

CHAPTER 08
共享生命 —————————— 111

CHAPTER 09
琅画百妖传·飞天夜叉 —————— 125

CHAPTER 10
非正常养老院 ———————— 141

CHAPTER 11
冉遗鱼梦 ———————————— 155

CHAPTER 12
日记中的妻子 ———————————— 171

CHAPTER 13
七人岛 ———————————— 187

CHAPTER 14
秋灯剪语 ———————————— 205

CHAPTER 15
补匠·双鹊夵 ———————————— 221

CHAPTER

01

他在零点重启

有人说的话藏在做的事里，
有人说的话却心口不一。

夏敬一最讨厌的季节是冬天,漫长的冬天总是能让很多东西失去活力,小镇上的老人也总是因为熬不过冬天就死了。他发现,每到冬天,小镇里的死亡率会比其他季节要高很多,因为冬天实在太难熬了。

从火车上下来,他站在桦林镇的入口,他已有十年没有回来这里了。

虽是冬季,目光所及之处却都是葱郁的树木,南方的冬季很少有北方的萧条之感。

冷风刮在脸颊上,夏敬一皱了皱眉,他不喜欢这个地方,如果不是因为在城里待不下去,他才不会回到自己的老家。

"小伙子,吃个烤红薯吧,很便宜的,才四块钱一个。"

苍老的声音像是冬季里的一股暖风,带着烤红薯的香味钻进了夏敬一的鼻子里。他微微侧身,看着那穿着蓝色棉服的老妇人。掂量了一下,自己浑身上下只剩下三百五十块钱,在这个小镇里能住多长时间呢?

如果按照他当初来小镇时的心态,他肯定不会买这家的烤红薯。可是现在,夏敬一有了另一个想法。

他微微弯腰,对身高不足一米五的老妇人说:"奶奶,你有多少烤红薯我都买了,趁着天还没下雪,赶紧回家吧。"

老妇人听见有人要买光自己的烤红薯,冻得通红的脸颊,笑得像朵花:"好,奶奶都给你包上。"

说着,老妇人手脚麻利地将剩下的烤红薯打包好,然后仔细清点了一下数量,有些担忧地看着小伙子:"一共有十三个,你能吃那么多吗?凡事都有个度,吃东西也一样,吃太多了有点儿不好……你也别怪我老婆子啰唆。"

夏敬一笑了笑:"没事,我喜欢吃。我家里还有其他人,也喜欢吃……"

最后那句话,他说得有点儿心虚,桦林镇夏家已没人了,那间屋子是空屋。

"那就好,我还怕你心急吃太多。"老妇人将烤红薯递给夏敬一,两人一手交钱一手交货。

"一共五十二块,那零头就给你抹了。"

夏敬一客气地说了一句"谢谢",之后他并不打算离开,而是站在原处,目不转睛地看着老妇人。

老妇人被这样的眼神看得心底有些发毛,可是她仔细观察了这个年轻人,他看着不像是个坏人。

老妇人问:"你在看什么呢?"

"我在看着你离开。"

老妇人对此大为不解:"为什么?"

夏敬一搪塞道:"一会儿天要下雨了,这条路有些不好走,我想看着你走。"

老妇人有些好奇地问:"你知道我家住在哪里?"

夏敬一说:"知道,你住在五支口那边。"

老妇人警惕地往后退了一步。

夏敬一解释:"我没有恶意,只是小时候经常来这里买烤红薯,那会儿你总是给我优惠。现在想来,奶奶你已经不记得我了。"

老妇人这才放下心,她在这个地方确实卖了好多年的烤红薯,有好些小孩她都认识。唯独这个小孩,她不怎么记得,她想可能是小孩长大了模样变化太大,所以不记得了。

两人说着话,不远处有几个高中生模样的人走过来,有个个子稍微高点的人问老妇人:"还有烤红薯吗?我们都要了。"

那男生或许是个常客,老妇人神色之间有些为难:"今天的烤红薯已经卖光了。"

闻言,男生瞥了一眼夏敬一手中的袋子:"是你买的?"

夏敬一懒懒地回应:"是我买的。"

"那你记住了。"男生语气甚是不悦,招呼着自己的朋友离开了。

夏敬一想:他们终于走了,这一次,他终于赶在那群小流氓来之前,买了五十块钱的烤红薯。按照以往的情形,夏敬一会在这条街上看见老妇人拿着假钱失声痛哭，最终心脏病发作。

他松了一口气，对老妇人说："奶奶，你回家仔细清点一下前几天他们给你的钱，看看钱对不对。"

在老妇人惊讶的目光中，夏敬一离开了。

下午四点，夏敬一终于回到家中，他疲惫地往床上一躺，翻出手机看着备忘录里记录的打卡记录。

这是他被困在11月22日的第五天。在这五天的时间里，夏敬一用过一切办法想要走出这个困境，然而每天一睁开眼，他遇到的一切仍然是重复的。

11月22日，夏敬一因为上班迟到，再加上工作不顺，屡屡出错，老板将他辞退。他本想跟女朋友阮思嘉诉苦，谁知当他到达阮思嘉楼下时，竟然看见阮思嘉神态亲昵地和一个男性有说有笑。

夏敬一躲在他们身后的角落里拨通了阮思嘉的电话。

"思嘉，你现在在哪里？"

阮思嘉说："我在家。"

夏敬一问："你一个人吗？"

阮思嘉不假思索地回答："是。"

"我今天休假，想来找你，我们一起出去吃饭吧？"

夏敬一说出这句话时，他发觉自己的呼吸有些急促，他并不擅长撒谎。

阮思嘉却说："不用了。敬一，我想我们分手吧。"

夏敬一几乎是咆哮着问："为什么？"

"我累了。我跟你在一起一年，感觉太累了。"阮思嘉说，"一直以来我都想跟你说这件事，但是你就是不愿意听，你每次都不等我开口，就打断了我的话。"

"你总是找借口说你的工作很忙，没有时间跟我多说。"

"夏敬一，我知道你是在逃避，你每次逃避都以睡觉为借口。总以为一觉醒来，那些糟糕的事情就可以结束，你就能够迎来新的一天。可是事实并非如此，因为躲避，那些糟糕的事情非但没有结束，反而更糟糕了。你像个小孩，更像只鸵鸟，我不想再这样下去了，我觉得你需要长大。可是，我不想陪你长大了。我累了，我明明可以选择比你更好的人。"

面对一声声的数落，夏敬一的眼眶渐渐红了，阮思嘉最后说的那句话像是压死骆驼的最后一根稻草，让他的精神到了崩溃的边缘。

"所以你就选择了别人吗？阮思嘉，我会让你后悔的！"

狠话说起来容易，做起来却很难。

夏敬一还没等阮思嘉开口，他就挂断了电话，头也不回地跑走了。

跑到出租屋里，夏敬一又遇见房东上门催债。

五十岁的房东大叔坐在沙发上，不屑地说："你到底有没有钱交租金，你要是没有，我限你今天之内搬出去，因为下午就有人要来看房了。"

夏敬一抹了一把眼泪，他觉得自己今天真的狼狈到了极点。

"对不起，我要下个月10号才发工资，您能不能再……"

"不能。"房东冷硬的语气将他没说完的话给堵了回去。

"我不是没有给过你机会，你知道上个月我为什么没来找你催房租吗？"

夏敬一摇头。

房东冷眼一瞥："那是因为你女朋友帮你交了房租，这么好的一个女孩，竟然瞎了眼看上你。"

夏敬一霍然一惊，他是真的没有想到阮思嘉会给自己交房租。

"我跟你说，看房的人我已经约过了，你必须离开。下午一点半之前，把你这些东西全部搬走。"

房东下了最后的逐客令。

"在走之前，你最好把这个月的钱给交了。钱也不多，这个月你在这里住了二十二天，我就给你算作十五天吧，交付五百块就行了。"

夏敬一有些为难，他包里现在就剩下九百来块，如果交付五百块的房租,那他只剩下四百块。四百块想要在城里短时间内再租一间房子,那根本不可能,再加上现在外面还下着小雪,他如果留宿街头会被冻死。

"你不会连五百块也给不起吧?"房东皱着眉看着夏敬一,他摸出手机,"要不我给你女朋友打个电话?"

"我给。"夏敬一说,"我们已经分手了,不要再麻烦她了。"

房东露齿一笑:"那我真得给她鼓掌。你慢慢收拾吧,一会儿我来看。"

夏敬一觉得自己像是狗血剧里的男主角,一瞬间这么多悲伤的事情压在自己身上,被公司开除,被分手,被房东赶走。一时间,自己身上只剩下四百块,他到底该去哪里生存呢?

他想了很久,直到看见自己小时候的老照片,桦林镇的老家他还有一间屋子,那是父母留给他的最后遗产。那间小平房,已经好多年没有人入住了,如果自己能够在那间屋子里熬过一个冬天,兴许他还能够等到春天呢。

等到春回大地,万物复苏时,希望来临,他再来城里找工作。也许,那是一件不错的事情。

那么现在,自己只需要回到那间小屋里睡上一段时间,是不是一切事情都迎刃而解?

夏敬一迫不及待地为自己买了一张火车票,想要在今天之内赶回老家。

当他到达桦林镇老家,躺在那张旧床上,他忽然想起阮思嘉对自己说的那些话。

他是一只鸵鸟,一只只知道逃避的鸵鸟,每次遇见困难都不愿意直接面对,而是躲起来,睡一觉。

阮思嘉说得没有错,他真的是一只鸵鸟,哪怕是看见阮思嘉身边有了另一个男人,他也不敢冲出去问个清楚。因为他觉得,如果自己冲出去了,他一定会被他们耻笑。与其被人耻笑,不如默默承受,反正总有一天伤痛会被淡忘。

——可是,伤疤真的会消失吗?

即使现在科技发达到可以把人身上的伤疤给抹得干干净净,那心上的呢?又该如何祛除?

夏敬一感觉,阮思嘉在自己的心里留下了很大一道伤疤,经年累月也无法抹平的。

那一瞬间,他痛得哭出声来。

"是我自作自受,我赖得了谁呢?"

他打了自己一巴掌,如果当初阮思嘉和自己吵架,他没有逃避,而是两个人把话说明白,他认认真真地道歉,或许就不会是这样的结果吧。

正如她所说,他还需要长大,可是她已经不想等了。

夏敬一在床上想了很久,如果工作和房子没了,他可以再找,可是他真的不愿意失去阮思嘉。

白天说的那些气话,都是他一时糊涂。想到这里,夏敬一摸出手机打开微信,决定给阮思嘉认认真真地道歉,这一次他不想再逃避了。

一条信息,他编辑了五分钟,终于发出去了。

他没有等来阮思嘉的回复,却等来了熄屏。

手机没电了,偏偏在最关键的时刻没电了!

夏敬一抹黑下床,准备去开灯,发现是停电了。他站在窗前,看向外面的房子,别的人家都还有电,唯独他家停电了,难道是跳闸了?

夏敬一借着微弱的月光,摸黑到门边,打开电闸箱门,就在触及电闸的那一瞬间,电流传遍全身,夏敬一痛苦地叫出声。

他还不想死……

夏敬一确实没有死,当他醒来后发现时间依然是11月22日,电话铃声将他从梦里拉回来。

"夏敬一,你今天如果再迟到,我想你真的不必来上班了。"

老板亲自打电话辞退了夏敬一。

夏敬一听见这句话脑子嗡地一下，历史重演了？还是他昨晚在做梦？

他跑到阮思嘉家的楼下，看见了和昨天一模一样的场景，经历了一模一样的事情。夏敬一有些疲惫地回到出租屋，房东大叔早已在此等候。

那一刻，夏敬一明白了，他没有死，但是他被永远地困在了11月22日。这个苦难交织的日子，让他无法喘息。

夏敬一哭着从梦里醒来，这是他第六次了，第六次重复这一天。

"这样的人生，还不如死了算了。"

明明曾经有那么多开心的日子，上帝却故意把他安排在这悲惨的一天，仿佛在和他这只鸵鸟作对。就像是明明确确地告诉他：哪怕你睡了一觉又一觉，也没有办法走出困境，你只会永无止境地重复。

在那天后，夏敬一尝试了无数种方式走出这个困境，他故意破坏时间线，故意自杀，甚至故意在老板和女朋友面前做夸张的事情。他毫无畏惧，只想来个鱼死网破。

因为他知道，只有他会在零点重启，只要重启，其他人就不会再记得这一切。

能够记住这一切的，只有他自己。

曾经，他也看过相关的电影、电视剧，故事的主人公被困在相同的一天，他们也用类似的方法企图逃走。可是，等待他们的最终结局都是"重启"。

之前他无法理解这种绝望，甚至觉得有些好玩，直至今日，夏敬一是真的绝望了。

死不成，活不成。

他还能做些什么呢？

夏敬一从火车上下来，今天的时间比前几天要早很多，因为他省去了前几天的麻烦，没有去公司，而是直接回老家。反正知道会被辞退，他又何必再去呢？

走出火车站，夏敬一又看见了那位卖烤红薯的老妇人。

"小伙子，你来啦。"

夏敬一心底一惊，他有一种不好的预感："你知道我要来？"

老妇人微微一笑："我当然知道，这些天你都在我这里买烤红薯。"

"你记得我？"夏敬一差点儿喜极而泣，"难道我成功了，我走出了重启怪圈？"

老妇人摇了摇头："没有。"

"被困在这里面的人，除了你，还有我。只不过，在你没来之前，一直没有人帮我罢了。"

"什么！"夏敬一惊愕道，"你也在重复11月22日？"

老妇人点点头："几年前，我在这里被人骗了钱，回到家之后就气得病倒了。我本来以为自己要死了，谁知道第二天我又在经历这样的事情，久而久之，我已经麻木了。"

"直到那天，你突然出现买下我所有的红薯，我就知道终于有人也来到了这个怪圈。"

五

夏敬一和老妇人聊了很多，老妇人告诉他一个消息。

"想要走出怪圈并不难，有两个办法，那就是有人进入了和你同一天的怪圈，他打破了你以往的经历，改造了你的人生。比如你，改变了我的人生，我没有被那些小年轻骗走钱，我就不会气得大病一场。因此，我的怪圈算是破了，我能够走出来了。"

夏敬一激动地问："那我呢，我该怎么办？难道我也要在这里等几年吗？这样的日子，我过了十天，我都快疯了，我真的过不下去！"

老妇人叹息："如果你不想等待，那还有另一个办法，就是接受，学着接受你这一天的经历，然后尝试着自己去改变，去打破。"

"我已经做过了啊，为什么还是出不去？"

老妇人狐疑地看了夏敬一一眼："你是怎么做的？"

夏敬一结结巴巴地说："我自杀，我甚至在很多人面前做出匪夷所思的举动，我破坏每一天的时间线，可是我还是会在零点重启11月22日。"

"这些并不会给你的生活带来好处，所以你没有办法出去。你只是让你的生活变得更糟糕,你没有认真地想去改变,你只是贪图玩乐。"

老妇人的话,让夏敬一如醍醐灌顶,他确实没有想把事情往好的方向发展,反而在11月22日这个循环里任由自己堕落。

"您为什么直到现在才把这件事告诉我,我在这里已经看见您好多次……"

夏敬一不太明白,自己拯救了老妇人那么多次,她其实一直都记得,却装作不知道的样子。

老妇人微笑:"经过这几天的观察,我觉得你还有救,所以今天来提醒你。"

夏敬一有些尴尬地挠挠头:"既然我已经破坏了您的循环,您可以离开了呀。"

"是可以离开了。"老妇人叹息道,"可是我好像已经习惯了日复一日的生活,即使能够脱离这个循环,我的生活还是这样。一日三餐,日出而作,日落而息,每天都推着小摊,来这里卖红薯,对我而言,在循环里和在循环外没有什么区别。"

说到这里,老妇人抬起头看着夏敬一:"倒是你啊,如果真的想把她找回来,那就应该做出努力,才会有不一样的人生。"

夏敬一脸色微红:"您,您还记得我跟您说的话?"

老妇人意味深长地一笑:"记得,你有一次买烤红薯,跟我说你女朋友也爱吃,以前冬天隔三岔五都要给她买两个烤红薯。"

"嗯。可是她现在已经不需要我了。"夏敬一有些难过地说,"我似乎可以放手了。"

"是吗?"老妇人轻声说,"在我看来,她并没有放弃你。"

夏敬一瞪大双眼:"您说什么?"

老妇人问:"你昨天在她面前,是不是说了一些比较特别的话?"

夏敬一怔住:"您怎么会知道?"

老妇人神秘莫测地一笑:"因为昨天你从火车站里出来,我看见有一个人跟在你身后,我以为她会去找你,但是她在我这里买了两个烤红薯,转身又走进火车站买票离开了。"

夏敬一问:"她长什么样子?"

"齐肩短发,有些瘦,个子一米六,头发是棕色,皮肤很白。"

夏敬一知道这就是阮思嘉!她竟然跟着自己来到桦林镇,难道昨天他对阮思嘉说的那番话起作用了?

六

夏敬一想起昨天自己与阮思嘉的谈话,他为了求阮思嘉原谅自己,特地用身上仅剩的钱,请阮思嘉吃了一顿大餐。

"小嘉,我现在想对你坦白一件事情,事实上那天我看见你和那个男人了。但是我当时太害怕了,我躲在角落里给你打电话,只是为了看你会不会骗我,但最终结果是我等来了分手。"夏敬一如实说。

阮思嘉有些莫名其妙地看着夏敬一:"你说什么男人?"

夏敬一看了看时间:"现在时间还没到,你和那男人在一起的时间是上午十一点三十五分,在你家楼下。"

"你疯了吧?"阮思嘉不满地说,"夏敬一,你今天找我出来就是为了给我栽赃一个莫须有的罪名?"

夏敬一却说:"这是真的。那个男人大概有一米七五的样子,他穿着一件棕色羽绒服,和你在楼下有说有笑。"

阮思嘉愕然:"你是说我表弟?今天他和他家人来我家做客,我们好久没见了,我确实打算一会儿去接他。你是怎么知道的?"

夏敬一微笑:"我不仅知道,我还知道你即将跟我说分手。"

听到这句话,阮思嘉沉默了,她垂下头有些不敢去看夏敬一,准确地说,她有些不敢伤害夏敬一。

"小嘉,你不必感到为难,毕竟你跟我说分手这些话,我已经听了十三次了,我已经做好思想准备再听你说第十四次。不过在这之前,你能不能让我把我想说的话说完?"夏敬一的声音很温柔,他好像把所有的温柔都用在了今天。

阮思嘉点点头："你说吧，不过我感觉你今天的精神状态不太对劲。"

"我们在一起多久了？"夏敬一问。

阮思嘉想了想："两年零五个月。"

"没错。"夏敬一又问，"那你是不是真的喜欢我？"

"是真的。"

夏敬一微笑："很感谢，我也是真喜欢你。所以，当你对我说分手的时候，我很伤心。一直以来我是个很不靠谱的人，很软弱，没有考虑到你的想法，你说得对，我是只鸵鸟只知道逃避。可是这一次，我不想逃避了。哪怕你会觉得我胡搅蛮缠，我也想把想说的话告诉你。"

阮思嘉咽了一下口水，她感觉今天的夏敬一很不一样。

夏敬一说："我喜欢你，比两年零五个月还要长，所以我不想让你不开心。以后，我会在11月22日一直保护你，虽然你不太需要了，可是我还是想……"

"因为，我只能停留在这一天了。不管我怎么挣扎，我都没有办法走出这一天，就像是有人给我下了诅咒，我被这一天惩罚了。在这一天里，我经历了被上司辞退，被房东赶出门，也经历了你跟我说分手。最终，我万念俱灰地回到了我的老家桦林镇，打算在那里度过余生。"

阮思嘉震惊地问："你说什么？你被困在11月22日？"

夏敬一点点头："我知道你可能不会信，可是这是真的，我现在对你说的这些话，你明天就会忘记。我明天会对你说第二次，你还是会忘记，周而复始，不管我怎么说，你都会忘记。"

"我怎么知道你是不是在骗我，想骗我跟你复合？"

"你可以这么想。"

说完，阮思嘉的手机响了，她接通电话，对方正是自己的表弟。

"姐，你在哪里？"

阮思嘉如实回答。

夏敬一说："我送你回家吧。"

最终，两人到了阮思嘉所住的小区，夏敬一果真看见了阮思嘉的表弟。

"姐，那个人是谁啊？"

临走时，夏敬一听见阮思嘉回答："一个朋友。"

夏敬一含泪一笑，原来他们只是朋友了。他加快步子，走出小区，一路逃回老家。

可是他没有想到，阮思嘉竟然真的相信了自己的话，尾随他来到了桦林镇！

"年轻人，你明天要不要再努力一下，去找一找她？"老妇人笑眯眯地看着夏敬一。

夏敬一决定，他要做一个不一样的自己，即使自己永远被困在11月22日，他也要改变这一成不变的生活！

零点到了，他的时间再度被重启。

只是这一天，他选择早上五点起床，早早地跑去公司把那天没有完成的方案写好了。

九点整，老板来到公司看见夏敬一的方案，皱着的眉头终于舒展。

"小夏，我们公司在裁员你是知道的。"老板解释说，"但是我并没有说你不好的意思，我有一个朋友，他们公司正好缺少你这种人才，你愿不愿意过去？"

没有被老板责骂，这已是最好。夏敬一兴奋地点头："我愿意！"

"好，我安排一下，后天你去报到，你放心，薪资肯定不低。"

"谢谢老板。"

"那现在没什么事情的话，你可以走了，放你一天假。"

"好！"

夏敬一离开公司，立马打电话约阮思嘉出门。

他打算把那些话再次说给阮思嘉听。

"小嘉,哪怕我一直被困在11月22日,我也觉得没有关系,至少在这一天我还能看见你。你还愿意听我说话。"

阮思嘉听完这些话,眼眶微红,她想了很久,才说:"夏敬一,如果你说的这些是真的,那今天我们不分手。"

闻言,夏敬一差点儿喜极而泣:"真的吗?"

"当然是真的。"阮思嘉抿唇一笑,"不过我需要你答应我一件事。"

"什么事?"

阮思嘉说:"带我去桦林镇,我想和你一起去吃烤红薯。"

"什么时候?"

"当然是现在啊!"

夏敬一展眉一笑:"好,我现在就订票。"

那一天,是与以往的11月22日都不同的一天,夏敬一牵着阮思嘉的手出现在桦林镇。

可是,他们并没有找到那个卖烤红薯的老妇人。

"老奶奶怎么不在了?难道她离开了?"夏敬一想起老妇人之前说的话,循环如果被人打破,她就可以离开,或许这次,她真的走了吧。

夏敬一转身对阮思嘉解释:"你相信我,我真的没有骗你。"

阮思嘉点头:"我相信你,她一定是有事,所以没来吧。"

"嗯。"

入夜,夏敬一和阮思嘉在老房子里相拥而眠。

夏敬一看着阮思嘉,他很害怕,害怕今天的零点到来。

因为,他的生活每一天都在零点重启。

"思嘉,你能不能不要忘记我?"他轻轻地握住阮思嘉的手。

"好,这一次我一定记住你。"

CHAPTER

02

第七年

爸爸失踪的七年里，他从未哭过一次，
可是现在他终于等到爸爸回来，
看见的却是一个和自己同样年纪的少年。

廖爱景的鞋子被人弄脏了,他微微蹙眉,拿出纸巾擦拭掉那些污渍,然后头也不回地走出了校园。身后传来了同学们恶作剧得逞的笑声,他们高声炫耀着自己刚才的战绩,好似这样的恶作剧能够给自己枯燥无味的学习生活带来一丝乐趣。

"我说,廖爱景就是个木头,不管你怎么捉弄他,他都不会说话。"

"对啊!可是欺负这种人,没有一点儿乐趣。"

"我还听人说啊,廖爱景家里好像又多了一个弟弟,也不知道从哪里来的,年纪竟然和他一样大。怕不是,他妈妈在外面偷偷生了一个弟弟,连他本人都不知情呢。"

同学的声音越来越大,像是树上的蝉叫,声浪击打着廖爱景的耳鼓膜,让他浑身上下都很难受。即便如此,他还是将头扬得很高,昂首阔步地往前走,仿佛只要自己走得快一点儿,声浪就追不上自己。

走出学校的范围后,廖爱景几乎是跑着,回到了自己的家。

他一口气冲上五楼,却在家门口停住了脚步,他有些不敢进去。害怕面对那个人,这些天来,他一直都希望自己是在做梦。

一个失踪七年的人,被所有人都定义为死亡,他怎么可能还在这世上?

这一定是梦,自己总有一天会醒来的!

廖爱景咬住牙,有些颤抖地从包里摸出钥匙,还没来得及插进锁孔里。门突然从里面开了,一个长得与自己差不多的少年,拿着伞冲自己微笑。

廖爱景瞥见少年身上穿着的衣服是自己不穿的旧衣服,看过去的眼神有些冰冷。

"小景,你回来啦?"天空中一声惊雷,吓得廖爱景一激灵。

少年赧然一笑,挠挠头:"我刚才还在和你妈妈说,一会儿肯定会下雨,我急着想去给你送伞,你现在回来了就好。"

廖爱景冷着一张脸,没有搭理少年,直接走进屋内,看见厨房里的母亲正在忙碌。他一句话不说,回到自己的房间里,把门反锁起来。

母亲见状,颇为不满地在门外责怪:"小景,你干什么呢?你怎么能以这种态度对你爸爸？"

廖爱景将书包砸向床铺，然后打开门，冲着屋外的两个人喊："他不是我爸爸，我爸爸早就死了！他死了七年了！"

吼完这句话，廖爱景再次锁上门，将自己埋在被窝里，积压了八天的情绪，在那一刻崩溃。想着自己被同学们欺负的场景，他无声地哭起来。

爸爸失踪的七年里，他从未哭过一次，可是现在他终于等到爸爸回来，看见的却是一个和自己同样年纪的少年。

不知为什么，廖爱景觉得自己委屈极了。

八天前的雨夜，廖爱景下了晚自习回到家，推开门看见客厅里坐着一个穿着破烂的少年。当时，他还以为是别家的小孩进来串门，待他仔细一看，才发现这少年的脸竟与旧照片上父亲小时候长得一模一样。

母亲赶紧站起身为他介绍："小景，这是你爸爸，他回来了。"

廖爱景愣在原地，他看着那个人对着自己露出久别重逢的微笑，可他却觉得十分陌生。

"妈，这怎么可能是我爸？您一定是记错了，我爸爸离开七年了，他现在应该是三十八岁，不可能是十六岁的样子。您肯定记错了。"廖爱景大声地与母亲争辩。

少年哑口无言愣在原地，一双眼睛微红，声音低缓地说："小景，我真的是你爸爸，我也不知道自己为什么会变成这样。"

廖爱景走过去，拖着少年的胳膊，往门外走。

母亲大叫："小景，你要做什么？"

廖爱景使出浑身力气，将少年推向门外："我要把这个骗子赶出去。"

少年死死地抠住门框，为自己辩解："我真的不是骗子，小景，你相信我。我是你爸爸，你妈妈都相信，你为什么不相信？"

廖爱景不管不顾，使劲儿地推着少年："那是因为我妈妈好骗，我才不会被你骗，你给我出去！"

少年却说："小景，我知道你的秘密。小时候你牙齿掉了，是我给你放在门框上，门框上一共三颗牙齿，我还知道你屁股上有一块烫伤的疤，那是我的烟头不小心……"

"住嘴！"

廖爱景厉声打断了少年的回忆，冷冷地瞪着少年，这些秘密都是他和父亲的秘密，连母亲也不知道。即使眼前这个少年把这些秘密都说了出来，廖爱景还是不愿意相信，这个人就是自己的父亲。

他冷着脸问："你为什么要回来？为什么要变成这样回来？"

语气里明显的怒意，让父亲和母亲都愣住了。

"小景，你怎么这么问？你爸爸失踪那年，你不是也很担心吗？每天都在门口等着他回来，为什么现在……"母亲不明所以地盯着廖爱景。

廖爱景说："因为那个时候我以为爸爸是个好人，后来我才知道，这个人是故意抛下我们，跑去外面躲债，让我们两个人独自面对那些讨债人！"

"你说啊，这些年你在哪里？我和妈妈过得水深火热时，你在哪里？"

"看见我们的生活变好了，你又跑回来了？"

"你还变得这么年轻，你看看我妈妈的头发，都白了快一半。我怎么会有你这样的爸爸？"

面对这接二连三的质问，母亲痛苦不已地看着被廖爱景推出门的男人，"廖成国，你说话啊！你刚才面对我，话不是那么多吗？现在，你为什么不对儿子说？"

廖成国像个哑巴，手足无措地站在门外。

"对不起，是我回来晚了。"

廖爱景嘭的一声把门关上，对母亲说："妈，我饿了，想吃面。"

母亲看了看门，又看了看儿子，最终选择进厨房为儿子煮面。

一共两碗面，母亲把筷子递给廖爱景，转身走到门边，打开大门，廖成国还在。

"你刚才不是说，想吃面吗？去吃吧。"

走进屋内，廖成国看见餐桌边坐着的廖爱景，他心怀愧疚："对不起，我……"

"吃饭,我不想听见有人说话。"廖爱景瞥了一眼他,"再废话,我就把你当骗子送去警局。"

那一顿饭,父子俩埋头苦吃,隔着氤氲的水雾,廖成国看见廖爱景的眼眶红了。

他回想起,七年前自己离开家的那一晚,两人也这么面对面地吃了一碗牛肉面。那个时候,廖爱景才九岁,性格活泼,一顿饭吃完,他说了三四个故事,逗得一家人哈哈大笑。

廖爱景还问:"爸爸,你明天出差多久回来啊?我想要一辆遥控汽车,小胖想让我和他赛车,我没有。我还想吃许多零食,你出差能不能给我带点儿呀?"

廖成国顿了顿,说:"儿子,爸爸这次出差的时间有点儿长。你要是喜欢这些,咱们吃完了饭,我就带你出去买,好吗?"

廖爱景答应了。那顿晚饭吃完,一家三口就上街买了一大堆零食和最新版的遥控汽车,那天晚上是廖爱景最开心的一晚。

第二天,天蒙蒙亮,廖成国便离开了这座城市。

再往后,电视里播放出一条消息,那天由C市开往B市的大船失踪了。

母亲慌了,因为廖成国就在那条大船里。

无数关于大船失踪的新闻席卷而来,各界人士对于失踪大船的行踪进行猜测,有人说是被海盗控制了,有人说是大船开进了黑洞里。无论哪一种说法,最终结果都是船上的五十二人,再也无法找到了,他们像是人间蒸发一样消失了。

与此同时,催债人找上门来,廖爱景才知道父亲因为做生意失败,无法偿还债务,逃走了。

廖爱景不相信,他日复一日地等待着父亲回来,因为临别时,父亲答应过，会在廖爱景生日那天，带他去游乐场里把所有娱乐项目都玩一遍。

七年了，他整整度过了七个生日，却始终没有等到父亲回来。

如今，他终于等来了，看见的却是一个十六岁的少年。

他该叫这个人什么？爸爸，还是哥哥？这种天方夜谭的故事，说出去有谁会信？

这时，屋外的雨停了。门锁被人转动，咔嗒一声，门开了。

"小景，爸爸想和你谈谈。"廖成国的声音带着一丝青涩。

廖爱景转过身，瞪着廖成国："我跟你没什么好谈的，我不同意你跟我一起去学校念书，我不想让他们知道我爸爸变成这个鬼样子，即使你愿意以我哥哥的身份出现在学校，我也不答应。"

廖成国愕然，发现话到嘴边，却被堵了回去。他尴尬地笑了笑："小景，我想说的不是这个。"

他将自己的语气尽量放得低缓一些，害怕伤到廖爱景，"我这几天在家帮你洗衣服，发现你衣服上有血，你是不是在外面打架了？"

"对，我是跟人打架了，我现在是个不学无术的小混混，我变成今天这个样子，全都怪你。如果当年，不是你抛弃我和妈妈，去外面躲债，我也不会变成这样。"廖爱景说，"他们全都在骂你，还骂我是个没有人要的流浪娃。"

他咬着牙，颤抖地说："我听不惯，就会打他们。"

廖成国表情微微一变，脸上满是心疼之色，"你把你的背露出来让我看看。"

"我为什么要给你看！"廖爱景说，"用不着你来管。"

廖成国说："你如果不给我看，那我就把你跟人打架的事情告诉你妈妈。我知道你不想让她担心，所以你一直憋着没说。"

廖爱景垂首不语，最终还是撩起衣服，露出背部。

廖成国惊讶地看着那些伤痕，他早就猜到儿子在外面肯定过得不好，可是他没有想到，伤口竟然会这么多。

廖成国花了三分钟的时间给廖爱景处理伤口，廖爱景本以为父亲会责怪自己，可是他一句话都没有说。

"下周，我跟你一起去学校吧。"廖成国说。

廖爱景怔住:"你干吗?你想去帮我打架?"

廖成国摇摇头,起身离开了房间。

下周很快就到了,廖爱景从未想到,父亲竟会以转校生的方式出现在自己的班级。

他站在台上,笑着介绍自己:"大家好,我叫戚年。"

台下有人起哄:"你怎么长得和廖爱景那么像,你不会是廖爱景的哥哥吧?"

廖成国微笑:"算是远房亲戚。"

廖爱景在台下十分紧张,他害怕被这些人发现端倪。

老师将廖成国的座位安排在廖爱景身后,整整一上午的时间,廖爱景一直心不在焉,感觉如芒在背。

他不知道廖成国到底在打什么算盘,更不知道母亲为什么会同意他和自己一起上学。

下午,体育课时间,老师安排大家跑步,练习跳马,打球。

廖爱景又是倒数第一,引得众男生嘲笑:"你到底是不是个男人,咱们班的女生都比你厉害。"

廖爱景握着拳头,看着这些人。这七年里,他一直都是这样被人嘲笑,说他像个小姑娘,没有一点儿男子汉的气概,班里的男生都不愿意跟他玩。

久而久之,他成为众人冷落和欺凌的对象。而这一切,都源于他的父亲廖成国。

"戚年轮到你了,你去试试。"

老师叫了廖成国的假名。全班同学都目不转睛地盯着他,想看看这个长得与廖爱景差不多的人,会不会也是一个菜鸟。

然而,测试结束,戚年是全班第一。

众人为之鼓掌:"廖爱景你有空多向你表哥讨教讨教,你看看你那绣花枕头的身体,再看看你表哥。"

闻言,廖爱景对廖成国的恨意更深了。

紧接着,老师宣布:"现在,大家可以自由活动。"

男生们朝着一边走去,留下廖爱景和廖成国站在一起。

廖成国低声说:"小景,我相信你没有这么差,你为什么不自信?"

廖爱景冷声说:"如果天天有人骂你,说你的父亲是个逃犯,你会自信吗?"

廖成国哑然,眼睁睁地看着廖爱景走远。

这七年,他没有参与孩子的生活,对廖爱景了解得少之又少……

体育课结束后,到了放学的时间,廖爱景恨不得走得快一点儿,他想要甩掉廖成国,还有那群喜欢跟着自己的小混混。

"廖爱景,你跑哪里去?"

熟悉的声音再度传来,廖爱景僵硬地站在原地,这群混混不学无术,每天都在敲诈自己。

他转过身对那些人说:"我前几天已经交了钱,我现在已经没钱了。"

为首的人走过来,露出一嘴黄牙,笑着说:"廖爱景,我们只认钱,不认人。你只要给了钱,我就放你走,咱们还等着去网吧打游戏,你耽误了我们时间,你自己掂量一下。"

廖爱景十分为难,他如果说自己真的没钱了,这群混混肯定会再打自己一顿。

正在这时,他看见廖成国走过来了,他指着廖成国说:"那是我表哥,他肯定有钱,你们找他。"

那群小混混的目光瞬间转向了廖成国。这时,只见廖成国对着廖爱景招手,露齿一笑:"小景,我爸爸带我去吃饭,你要去吗?他今天正好休息不抓小偷,就在街对面等着我们呢。"

黄毛怔住:"你爸爸抓小偷,他是警察吗?"

廖成国点点头:"对啊,你看,他过来了。"

几人朝着街对面看去,当真有一个人高马大的汉子朝着这边走来。

"快跑!"

小混混落荒而逃,廖爱景成功脱离魔爪。

廖成国说:"你身上的伤,就是他们打的?"

廖爱景没有回答这个问题,只说:"你刚才骗他们,只能骗一次,下次被遇见了,会被打得更惨。这种方法,我不是没有用过。"

廖成国却说:"没事,下次我还有新招。"

他问:"你知道你为什么总是会遇见这群人吗?他们为什么不去骚扰你们班其他的同学?"

廖爱景回答:"不知道。"

廖成国说:"那是因为你没有朋友,你落单了,他们容易对你下手。你需要交几个朋友,放学跟着他们一起走,这些人就不会再靠近你。"

廖爱景闷闷地说:"我没有朋友,也不想去讨好他们。"

"那不是讨好。"廖成国说,"其实你们班的那些同学,并没有真正欺负你,他们只是觉得你不合群,拿你取笑。虽然这种取笑的方式很恶劣,只要你向他们求助,他们肯定会向你伸出援手,只是你自己不愿意。"

廖爱景眼里多了一丝不满之色,"你不是我,你怎会知道我不会因此难过?"

说完这句话,他头也不回地朝着家的方向走去。

接下来的每一天,廖成国都以戚年的身份陪着廖爱景去学校读书,他像个保镖,护送着廖爱景。

有那么一瞬间,廖爱景觉得自己好像真的多了一个哥哥。

星期五,又是让廖爱景尴尬的体育课。

这一次老师准备的活动是打网球,班里的人都不怎么会,一通瞎打,各自组队。廖成国被崔想拉去组队,廖爱景却落了单。

崔想说:"戚年,你上次样样都得第一,这一次一定也能帮我们打败二班吧?下周五有一场比赛,我们必须得赢,不能让二班的人看轻。"

廖成国说:"我网球还行,但是比不上另一个人。"

"谁啊?"崔想说,"咱们把他也拉过来啊。"

廖成国神秘莫测地一笑,指着廖爱景说:"他,我表弟特别会打网球,七岁时,他全班第一,是天才哦。"

崔想不屑地说:"你骗人吧,那个菜鸟什么都不会,只会哭鼻子。"

"是不是菜鸟,试一试就知道了。"廖成国说,"每个人擅长的领域都不一样嘛。"

崔想想了一会儿,走过去对廖爱景伸出手:"你愿意加入我们队吗?做个……替补?"

廖爱景没有伸手,他犹豫了好一会儿才说:"好。"

之后的训练中,廖爱景的网球技术让人诧异,拿上球拍的他,宛如变了一个人。

"怎么样,我为你选的人不错吧?"廖成国得意扬扬地对着廖爱景竖起大拇指。

崔想拍手叫好:"倒真是我小看你了。"

廖爱景有些尴尬地说:"其实,我爸爸打得比我更好。"

廖成国神色微变。

崔想却拍着廖爱景的肩膀说:"青出于蓝而胜于蓝,我觉得你肯定比你爸爸打得好,下周五的比赛就靠你了。"

那是第一次,廖爱景得到了来自班级同学的肯定,他似乎有一些理解廖成国之前对自己说的话。他开心地点头:"我会努力的。"

接下来一周的训练,廖爱景乐在其中,他终于摆脱了"菜鸟"这个称呼。大家都知道,他打得一手好网球。

甚至在放学之后,崔想他们还邀请廖爱景当他们的老师,教他们打网球。

廖爱景却拒绝了,他说:"我回家晚了,会被妈妈骂的。"

崔想说:"你应该不是怕被妈妈骂吧?那群小混混还在缠着你?"

廖爱景有些无奈地点头,他被人欺凌的事情,班里同学一直都知道,却没有一个人对他伸出援手。

崔想拍着廖爱景的肩膀说:"你放心,今天我们跟你一起回家,他们看见人多就不敢过来。"

"好！"廖爱景爽快地答应。

结束训练后，廖爱景发现廖成国已不在操场，想来他应该是提前回家了。廖爱景便跟着崔想，一起走出学校。

回到家中，母亲在厨房里煮饭，廖成国却不见踪迹。

母亲探出头问："小景，你回来啦。你爸爸怎么没跟你一起回来？"

廖爱景蒙了："他没有回来吗？"

母亲也觉得奇怪："对啊，让他每天都等着你一起放学回家，这人怎么还没回来？"

此时，外面下起倾盆大雨，廖爱景心中有一种不好的预感，他拿着一把伞冲出家门。

"妈，我去接爸爸回来。"

廖爱景在之前的那条街，找到了廖成国。

那是第一次，廖爱景看见如此狼狈的父亲，他躺在泥泞的沼泽里。

"爸爸！"

廖爱景发疯似的冲过去，可他的手刚一接触到廖成国，就被一股电流击中，他吓得瘫坐在地上。

"这是怎么回事？"

廖成国说："你别碰我，会被电击。"

廖爱景惊讶地看着廖成国的身体，他受伤的那些地方，皮肤一点点脱落，里面露出来的竟然是电子零件！

"你不是我爸爸，你是机器人？"

廖爱景不敢相信眼前的一切，之前他在广告上看过，现在科技发达，已经有了仿真机器人，他们的行动与真人无异。

"这究竟是怎么回事？你怎么会是机器人？"

"小景……"母亲的声音从身后传来，廖爱景抬起头看见母亲撑着一把红伞站在雨幕中。

她说："是我特地去给你买了一款仿真机器人，想让他陪着你，不再受那些人欺负。"

廖爱景感觉自己的大脑一片混乱，他好不容易才接受自己的父亲返老还童，以为自己的父亲终于回来了。现在却被告知，父亲没有回来，这个帮助自己渡过难关的人，竟然是个机器人！

廖成国声音微弱，夹带着一丝杂音："刚才那群人把我的身体破坏了，我现在没有办法继续陪你们了。"

廖爱景红着眼睛看着廖成国："你不是说，下周要和我一起打比赛得第一吗？我爸爸骗我，连你也要骗我！"

"小景，即使你没有我，你也可以得第一，你要相信自己。"

廖爱景哭出声："我不想得第一，我想让你陪着我，我更想让我爸爸陪着我。你们根本不知道，这七年里，我究竟是怎么度过的！我想要，我的家完完整整，我也想要告诉他们我的父亲不是那样的人。"

"可是没有人听我的……"

"我以为你回来了，我们家就可以变好，为什么还是这样？"

大雨铺天盖地落下来，廖成国的生命已到了极限，他艰难地挤出一个微笑，他本想再说什么，最终一个字也没能说出来。

廖爱景抱着那堆废铁，失声痛哭。

这是第七年，父亲失踪的第七年，他依旧未归。

廖爱景想……

或许，父亲是真的回不来了。但是他和妈妈的生活还得继续。

他问："妈妈，下周你会来看我比赛吗？"

母亲点头："会。"

廖爱景语气笃定地说："那我肯定能得第一。"

CHAPTER

通往幸福的
选项

如果人生只需要做出选择
就能够幸福美满，
我只要做对所有的选择题，
是不是就代表此生完美？

"选择困难症患者的福音,本款眼镜为你的人生规划出一条通往幸福的道路,一切心想事成。还等什么,赶紧购买吧,只要888。"

尹苏苏浏览着"奇宝APP",打算给自己购买一副新眼镜,为明天的相亲做准备,看见这条突然弹出来的广告,她毫不犹豫地选择了下单。

不到三分钟,尹苏苏家的门铃响了,她吓了一跳,这送货的速度也太快了。

她套上外套,走到门边,从猫眼处往外看,昏暗的楼道里站着一个瘦瘦高高的男人。

"怎么会是他?"

尹苏苏一眼认出,这个男人是自己楼上的邻居穆和,早前因为穆和家的厕所漏水,尹苏苏还上楼跟他理论了一番。整栋楼的人都知道,703室的穆和是个疯子,所以夜里十点钟看见穆和出现在自家门口,尹苏苏的心里十分不安,壮起胆子问:"你有什么事吗?我已经睡下了。"

"我是来送货的。"穆和的声音温和平稳,一点儿都不像邻居们所说的那么疯癫。

"送什么货?"

"你刚才在我的店铺里买了副眼镜,我看距离很近,就亲自给你送过来。"穆和补充道,"你刚才说你明天要去参加相亲,希望这副眼镜能够帮到你。"

尹苏苏大吃一惊,那个眼镜店的老板竟然是穆和!犹豫再三,她打开门,留出一条半人宽的门缝。穆和抬起头,表情淡淡地看着尹苏苏,双手呈上眼镜盒。

尹苏苏有些尴尬地说:"谢谢。"

"不用。"

说完,穆和转身就上了七楼。

尹苏苏关上门,半天回不过神,在网上买一副眼镜也能遇见这个古怪的邻居,缘分当真妙不可言。

上午九点半,尹苏苏接到母亲的电话,让她前去格林咖啡馆相亲。

"我警告你,这次不许打扮得花里胡哨。你是我亲生的,我还能不知道你肚子里的花花肠子?上回就打扮得乱七八糟的,把人家小张都给吓跑了,这次的小李是个老实本分的人,你能找到人家是你三生有幸。"

"是是是,我知道了,您老人家开开心心地在外面旅游,别操心了。"

尹苏苏迷迷糊糊地挂断了电话。昨天夜里在家写策划到凌晨两点才睡,要不是这通电话把她从周公那里拉回来,她早就忘记今天还要去相亲。

十点整,尹苏苏准时出门,临走前她特地戴上了那副神奇的眼镜。一开始,她以为这副眼镜的广告是为了营销推广,故弄玄虚。但昨天夜里,她戴着眼镜写策划,感觉如有神助,整个人的思绪都变得十分清晰。之前她一连几天都憋不出一个字,戴上眼镜之后突然变得才思泉涌。

也不知是眼镜真的发挥了作用,还是因为她昨天突然有了灵感,总之那个策划案完成得十分顺利。

刚一出门,走到楼下小区花园的分岔路口,尹苏苏下意识地选择往右边走,刚走几步就踩到了狗屎。

"我这到底是什么运气?每次去相亲,准没好事发生!"尹苏苏气急败坏地说,"要是能够重来,我才不会走这条路。"

话音刚落,尹苏苏就看见眼前突然出现了几个飘浮在半空中的字,看起来像是有人给加了字幕。

她定睛一看:

A.选择走右边。

B.选择走左边。

发生了什么?

比起眼前出现字幕,更让人惊讶的是她竟然退回到十秒钟之前,她还没有踩到狗屎的前一刻，此刻的尹苏苏站在小区花园的岔路口。

"这真是见鬼了。"

她突然想起来，昨天购买这副眼镜前，广告语写着：选择困难症患者的福音，本款眼镜为你的人生规划出一条通往幸福的道路……

眼前的这一幕，就是眼镜为她设置的"幸福选项"？

尹苏苏取下眼镜，字幕当真不见了，当她戴上眼镜，字幕又出现了。

这真是太神奇了！

"如果我知道走右边会踩到狗屎，那我肯定不会再去右边，我要去左边。"

说完，她伸手触碰了半空中飘浮的字幕，然后放心大胆地朝着左边走去。

果然，左边这条路什么事情也没有发生，她的鞋子一如既往的干净。

走到小区门口，尹苏苏看见邻居秋奶奶正提着菜往家里走，因为买的东西有点儿多，秋奶奶提不动，走几步就要停下来歇一会儿。尹苏苏走过去想要帮她，但又担心自己相亲迟到了会被母亲骂，她有些为难。

眼镜似乎能够感觉到她的选择困难，于是为她设置出两个选项：

A.帮助她（幸福指数70分）

B.不帮助她（幸福指数90分）

选项出现了变化，尹苏苏感到震惊，不帮助人的幸福指数竟然高于帮助。这是为什么？难道，自己帮助了秋奶奶，会遇见什么不好的事情吗？

眼见着秋奶奶距离自己越来越近，尹苏苏咽了一下口水，她想狠心地选B。

"苏苏，你这是要去哪里啊？"秋奶奶喘着粗气，用手擦了一下额角的汗水，脸色苍白地看着尹苏苏。

尹苏苏尴尬地笑道："我有事外出一趟，奶奶你这是要回家做饭吗？"

秋奶奶点点头："是啊，今天我过生日，本想着孙儿会回来吃饭，所以多买了点菜，可是他临时打电话说不回来了。我这菜怕是白买了……"

正说着，秋奶奶的身子就有些稳不住，尹苏苏眼疾手快扶住了她。

"奶奶，你中暑了。"尹苏苏眯缝着眼睛看了看烈日，心想，秋奶奶身体本就虚弱，菜市场距离这个小区很远，这一路不知晒了多久的太阳。

眼见老人脸色苍白，气息微弱，尹苏苏顾不得其他，立刻选了A。幸福指数少一点儿就少一点儿，人命关天，她不可能不管秋奶奶。

"我送你回家吧。"

秋奶奶推辞说："你也要忙，不能耽误你的事情。"

"其实也没有什么大事，就是我妈每周给我安排的相亲，去不去也无所谓。你身体要紧，我先送你回家。"

秋奶奶感激道："谢谢你啊，苏苏真是个好孩子。"

尹苏苏见老人如此夸奖自己，心中有些愧疚。尹苏苏左手提着菜，右手扶着秋奶奶回家，将老人安顿好，才离开。

尹苏苏忙完这一阵，到达格林咖啡馆已经是中午十一点多。她跑进咖啡馆看见林阿姨一个人坐在窗边，尹苏苏感到十分抱歉："对不起，我来晚了。"

林阿姨没好气地说："尹苏苏，你怎么现在才来啊？人家小李都已经走了。"

"对不起，我路上有事儿耽搁了。"

林阿姨起身说："算了，本来我也是好心帮你找个男朋友，可是你三番几次地推拒，这事儿我也没法帮了。你妈回来了，你自己跟她交代吧，我先走了。"

尹苏苏一听，急了："啊，林阿姨你别呀，我妈是什么脾气你还不知道吗？我这辈子就怕她，你再帮帮我吧……"

林阿姨面色微怒："帮不了，小李在这里等了快两个小时，你如果真的想来，早就来了。"

丢下这句话，她就转身朝着咖啡馆大门走去。

徒留尹苏苏尴尬地站在原地，林阿姨在为她找男朋友这件事上确实费了不少心，可是之前找的那些人确实很不靠谱啊。

"小姐，请问你要喝点什么？"咖啡馆的服务员倒是来得及时。

尹苏苏干脆地落座："来一杯星冰乐。"

"好的，请稍等。"

尹苏苏摘下眼镜，开始琢磨发生的这些和这副眼镜之间的关联。难道真的是因为她选择了帮助秋奶奶，事情才会变成这个样子吗？可是，如果这次相亲的对象人品不好，她的幸福指数不也会很低吗？

仔细看了好一会儿，尹苏苏也没发现什么独特的机关，她小声呢喃道："这眼镜也没什么特别之处，为什么我刚才会看见选项？难道是我今天睡糊涂了出现的幻觉？"

正在这时，尹苏苏看见对面座位上放着一个文件袋，她好奇地将文件袋拿过来，见里面有一张纸上写着：李姜远。

这正是她相亲对象的名字。难道是他遗落在这里的？

尹苏苏戴上眼镜，仔细查看这个透明的文件袋，里面似乎是李姜远做的一个方案。

"你好，能把你手上的东西给我吗？"

一个清冽的男声自头顶上方传来，尹苏苏抬起头，见一个穿着黑色西服的男人正盯着自己。

"你是李姜远先生？"

尹苏苏立即起身，将手中的文件袋还给李姜远。

接过文件袋，李姜远的语气比刚才舒缓三分："你是尹小姐？"

尹苏苏点点头，整理了一下自己的着装，赔笑道："对不起，今天不是故意让你等这么久，我是路上有事情耽搁了。"

"没事。"李姜远客气一笑，"我是因为家里还有事情，所以提前走了，并不是在生尹小姐的气。"

尹苏苏尴尬地笑着，她终于知道为什么眼镜会做出这样的判断，如果没有帮助秋奶奶，她会如期和这位男士约会，因为无论从哪个角度来看这位李姜远先生都比以往相亲的对象要好很多。假设他们约会成功，那她的幸福指数确实可以达到90分。可是现在，她因为帮助了秋奶奶，错过了与李姜远的约会。

"尹小姐，我还有事情就先走一步。"

李姜远的声音打断了尹苏苏的思绪，他抿唇笑道："你刚才帮我保管了这份资料，明天我想请你吃晚餐，不知道你有空吗？"

尹苏苏正欲回答，眼前突然又出现了选项：

A.答应他（幸福指数40分）

B.拒绝他（幸福指数80分）

这是什么意思？难道，自己并不适合他吗？

尹苏苏看着半空中飘浮的字幕有些出神，她刚才没有按照高分的提示路线走，因此出现失约。可这一次如果按照高分提示路线走，她将再次错过李姜远。

见尹苏苏半天没有回应，出神地看着前方，李姜远忍不住问了一声："尹小姐，你在看什么？"

尹苏苏定了定神，像是下定了决心，对李姜远说："好，我明天晚上有空。"

李姜远提议："那我们交换一下手机号吧。"

"好的。"

交换完手机号，李姜远便提前离开了咖啡馆。

尹苏苏坐在椅子上半天回不过神，在幸福指数只有40分的情况下，她竟然答应与李姜远约会。那是不是代表明天，她将会遇到一件特别倒霉的事情？

想到这里，尹苏苏赶紧登录"奇宝APP"，联系了那家店铺客服。

"你好，你们这款眼镜设置的两个选项，幸福指数的得分是靠什么来判断的？"

不过半分钟，对方就发来消息。

"眼镜会根据你接下来发生的事情进行判断，其中包括你的心情和你身体的健康。如果选择其中一个选项，你的心情愉悦值很高，就代表这个选项幸福指数较高，如果你选择另一个幸福指数低的选项，那就代表你接下来要经历的事情比较糟糕。"

尹苏苏忙问:"你说的身体健康,是指某些选项会影响我的身体状况吗?能具体说明吗?"

客服:"比如说,你选择了一个幸福指数低于50的选项,那就代表你的身体会出现疾病,或者遭遇一些灾难,会让你住院。因此,我建议你不要去选择低于50的选项。"

尹苏苏仔细阅读了这段对话,只觉得毛骨悚然,一副小小的眼镜竟然有如此玄机。她刚才竟然选择了幸福指数只有40分的选项,那岂不是代表她明天会遭遇灾难?

"假如我选了一个低于50的选项,你觉得我还有救吗?"

尹苏苏觉得自己还能补救,因为客服告诉她,刚才她经历的一切都是一个模拟选项。这个模拟是从她早上出门踩到狗屎的那一刻开始的,也就是说,她这几个小时的经历全都是假的。

一瞬间大脑接收的信息太多,尹苏苏感觉自己有些转不过弯来,"你的意思是我还能选择第二次吗?"

"没错。这就是我们这款眼镜的好处,当你第一次做出选择时,它可以为你建立一个模拟空间,在这里面你经历的事情是假的。即使是假的,这款眼镜也会为你做得很逼真。模拟结束之后,才会有真正的选项,也就是你说的第二次机会。"

"我们推出的这款眼镜的功能就是:人生可以重来一次。"

原来如此,在这几个小时的时间里,她已将自己今天会经历的一切模拟了一遍。如果重来一次,她肯定会选择幸福指数高的那个选项。

尹苏苏问:"怎么结束这次模拟?"

"在眼镜的左边方框处,有一个很小的凹槽部分,你把食指放上去摁一下,就可以返回现实,结束模拟程序。"

尹苏苏依言照做,把食指放上去,感觉到果真有一个小凹槽。

模拟程序结束后，尹苏苏睁开眼睛，发现自己还站在小区花园的岔路口。她慌忙地查看手机时间，竟然还是上午十点零八分！

尹苏苏问：“这是怎么回事？我明明记得我已经走出小区，为什么还在这里？”

客服说：“那是因为你在模拟空间里走出小区，现在是现实空间，时间只过去了八分钟，因此你还在这里。”

“你现在可以做出第二次选择，这一次无法重来。”

尹苏苏站直身体，长舒一口气，戴上眼镜看见眼前又出现了选项。

A.帮助她（幸福指数70分）

B.不帮助她（幸福指数90分）

有了之前模拟空间的前车之鉴，尹苏苏决定这次不再帮助秋奶奶，她要赶在十一点之前去咖啡馆与李姜远见面。

尹苏苏做出选择后，大步流星地朝着小区门口走去，看见保安老刘站在那里，她忍不住对保安说：“刘叔，一会儿秋奶奶回来了，你记得看着点儿。今天太阳大，她身体虚弱容易晕倒。”

保安老刘觉得莫名其妙，“你怎么知道秋奶奶出去了？”

尹苏苏正欲说话，远远看到秋奶奶正往小区门口走来，她赶紧跑向停车站牌，伸手拦了一辆出租车。

“去万汇路广场的格林咖啡馆。”

出租车启动后，她心有余悸地看了一眼秋奶奶的方向，低语道：“对不起，秋奶奶，这次我不想迟到。”

眼看着秋奶奶当真在那个地方晕倒了，幸亏保安老刘在场，扶住了秋奶奶。

尹苏苏心底一惊：“谢天谢地，没有出事儿。”

十分钟后，尹苏苏到达万汇路广场，她轻车熟路地找到格林咖啡馆，推门而入，见林阿姨和李姜远坐在窗边，两人正在谈论着什么。

林阿姨瞥见尹苏苏进来了，忙起身招呼：“苏苏，这就是我跟你说的小李，李姜远先生。"

尹苏苏微笑："你好，李先生。"

李姜远也在同一时间起身，"尹小姐你好。"

林阿姨看见这两个人，喜色难掩："苏苏，姜远，我还有事儿，你们俩聊吧。"

两个年轻人自然明白这是何意，与林阿姨说了再见。

眼见事情顺利进行，尹苏苏心底满是欢喜，总算是赶上了。她与李姜远聊得很投机，只觉相见恨晚，对方家世、学历、人品，都让她倾心。

李姜远温声说："我原本想这个周末去奶奶家看看她，如果不是奶奶执意要我来相亲，我可能遇不到尹小姐这么优秀的人。"

尹苏苏脸颊微红，笑意盈盈："我也一样，昨天晚上通宵赶策划，今天差点儿起不来。多亏了林阿姨，我才能认识李先生。"

两个人正聊到兴头上，李姜远的手机响了，来电显示：奶奶。

"抱歉，接个电话。"

李姜远接通电话，神色大变："好，我立刻过来。"

尹苏苏感觉到有些不对劲，忙问："怎么了？"

李姜远说："尹小姐，我要失陪了，我奶奶心脏病发作，刚被小区保安送进医院，我得赶去看她。"

"啊，老人家身体要紧，你快去照顾你奶奶吧。"尹苏苏震惊之余，回想起秋奶奶和保安老刘，她暗想：事情不会如此巧合吧？

李姜远说："尹小姐，有时间请你出来吃饭。"

"好。"

说完，李姜远头也不回地跑出咖啡馆。

尹苏苏见他离开，立即打道回府。

十几分钟后，尹苏苏敲响了秋奶奶家的门，无人应答。

隔壁的王叔叔推开门，看见敲门的人是尹苏苏，便说："秋奶奶心脏病突发，老刘送她去医院了，你找她有什么事儿吗？"

尹苏苏大惊失色："在哪个医院？"

王叔叔说:"我也不知道。"

尹苏苏失魂落魄地回到自己家,她坐在沙发上,一时不知道自己做出的选项究竟对不对。

如果自己在第二次还是选择帮秋奶奶,是不是她就不会心脏病突发?

夜里。

"丁零,来电话啦,来电话啦……"

欢快的手机铃声响起,是一个陌生号码。

尹苏苏犹豫了一会儿,还是接通了电话:"喂,是谁?"

"是我,姜远。"

尹苏苏有些惊讶:"你怎么会知道我的手机号?"

李姜远笑道:"当然是林阿姨给我的。"

尹苏苏脱口而出:"秋奶奶还好吗?"

李姜远有些震惊:"你怎么知道我奶奶姓秋?"

尹苏苏搪塞说:"是林阿姨跟我说的。"

李姜远信了,没有多问,只说:"尹小姐,白天我突然离开,我想打电话跟你说声抱歉。"

"没事没事,秋奶奶身体要紧,你不用道歉。"尹苏苏小声念道,"倒是我做错了一件事情。"

李姜远疑惑地问:"你做错了什么?"

"我……"尹苏苏有些为难,这时她的眼前又出现了两个选项。

A.说实话(幸福指数50)

B.说谎话(幸福指数80)

她喃喃自语:"这一次没有低于50,是不是代表我可以说实话?"

李姜远听得很清楚:"苏苏,你在说什么?"

尹苏苏鼓足勇气说:"姜远,我有一件事想告诉你。"

"你说。"

她压低声音:"其实我是秋奶奶的邻居。"

闻言,李姜远笑了:"我知道啊。"

"你怎么知道?"尹苏苏问。

李姜远说:"因为我奶奶跟我说,她有一个邻居姑娘,人美心善,想介绍给我。"

"啊?"尹苏苏震惊,"那我更做错事了。"

"怎么啦?"

尹苏苏支支吾吾地说:"我知道你奶奶今天会晕倒,可是我没有选择帮助她,因为我如果帮助她,我就会错过与你的约会。"

李姜远有些不明白:"你怎么知道我奶奶今天会晕倒?"

尹苏苏解释:"我跟你已经是第二次见面了,在第一次见面中,我因为帮助了秋奶奶,所以迟到了。我们没能如约见面,你离开咖啡馆,我被林阿姨训了一顿。后来,你因为遗落的文件袋又回到咖啡馆,我们才见面了。"

李姜远问:"那后来我们见面,怎么样了?"

尹苏苏有些不太确定地说:"我们一见钟情,你约我第二天见面。"

李姜远说:"那就对了啊,不管我跟你是第几次见面,我都会对你一见钟情,所以迟一点儿,早一点儿,又有什么关系呢?"

尹苏苏呼吸一滞,不敢相信自己的耳朵。

"你说什么?"

"我说,不管我跟你第几次见面,我都会对你一见钟情,迟一点儿,早一点儿,又有什么关系。"李姜远柔声说,"尹小姐,我喜欢你,是一见钟情的喜欢。"

尹苏苏声音有些哽咽:"可是,我差点儿害了你奶奶,如果我今天帮助了她,她就不会住院。我是个坏人,我明明知道会发生什么,可我还是拒绝帮助。"

"虽然不知道你到底经历了什么,可是我相信,我奶奶为我选择的姑娘不会错。"李姜远说,"尹小姐,你愿意跟我第二次约会吗?"

六

A.答应他（幸福指数40）

B.拒绝他（幸福指数90）

又是这样的选项，尹苏苏感觉自己快崩溃了。

好像无论她怎么选择，都没有办法达到100分。

"姜远，如果我答应你，我的幸福指数只有40分，那个人跟我说不能选择低于50分的选项。"

尹苏苏决定对李姜远说出实情，她之所以能够预测到秋奶奶今天会晕倒，都是因为这副神奇的眼镜。

李姜远很认真地问："我这里有60分，加上你的40分，我们就是100分。你愿不愿意赌一把？"

犹豫再三，尹苏苏选择了第一个选项。

"我答应你。"

半分钟后，李姜远笑道："太好了，你通过了我奶奶的考试。"

尹苏苏不明所以地问："什么意思？"

李姜远说："我奶奶今天其实没有生病，她是装的，就是为了考验你。她给了你两次机会，第一次是你帮助了她，第二次你虽然没有直接帮助她，但却让保安帮助了她，而且刚才你还向我承认错误。"

"这两次机会，你都通过了。"

尹苏苏一时间没有反应过来，难道自己今天的一切行动，都在秋奶奶的计划之中？她一直都在暗中观察自己，只为了给孙子挑一个好媳妇？

"苏苏，明天来我奶奶家吃饭吧。"

A.答应他

B.拒绝他

选项再次出现，这次尹苏苏看不见幸福指数，紧接着，她眼前一黑什么都看不见了。

这就是客服所说的，低于40的选项会影响身体健康，现在她的眼睛看不见了！

"姜远，姜远……我看不见了，我的眼睛看不见了……"

尹苏苏是哭醒的，醒来发现母亲正好打电话给自己。

"尹苏苏，快十点了，你到底出门没有？人家小李都快到格林咖啡馆了，你还在床上躺着呢？"

"我马上去。"

这一次尹苏苏没有戴眼镜，她想，这世上没有所谓通往幸福的选项，任何事情都需要凭借自己的努力。如果依靠一副眼镜来左右自己的选择，那她和提线木偶有什么区别？

十分钟后，她走出小区，看见秋奶奶提着菜，朝着自己走来。

尹苏苏没有逃避，只说："秋奶奶，今天过生日呀？"

秋奶奶微笑："是啊！"

"祝您生日快乐。"尹苏苏眨了眨眼睛，"等我相亲成功，我把李姜远带回来看您。"

秋奶奶怔住："你怎么知道李姜远？"

"我知道，我什么都知道。"尹苏苏神秘一笑，跑开了。

秋奶奶站在保安房门前，叹息："又到了姜远的忌日，这孩子如果还活着，也该有苏苏这么大了。"

远处，尹苏苏听到这番话，毛骨悚然。难道，今天要跟自己约会的另有其人？

她现在返回去拿眼镜，还来得及吗？

CHAPTER

04

时间旅馆

"这里究竟是什么地方?"
"时间旅馆,出售时间的地方。"

雨下得很大，天空像是破开了一个大洞，倾盆大雨浇灌进整个小镇。

在这漆黑的夜里，不知走了多久，终于看见一点光亮照亮了前方的路，陈茶跌跌撞撞地朝前走去。他饿极了，走遍了整座小镇也不见一个人，仿佛这是一座鬼镇，没有一个人能够帮助他。

眼前是一栋三层楼高的房子，门口的牌子上写着"旅馆"。

这是一座没有名字的旅馆，坐落在小镇的郊外。

陈茶抹了抹脸上的雨水，冲进旅馆里避雨，幸好这个地方还开着门，且亮着灯。踏进旅馆内，他四下看了看这间旅馆，只见大厅里摆着一张矮脚长桌，三张棕色的老式沙发，一切样式皆复古，仿佛这里的主人生活在上个世纪。最让人吃惊的是这间屋子里摆满了各式各样的钟表，挂钟、座钟……琳琅满目。

陈茶在心中嘀咕一声：这里住着一个收藏钟表的专家？

他往里面走了两步，扬声喊道："你好，有人在吗？"

雷声轰隆，耀眼的闪电划破夜空，点亮了昏暗的旅馆。陈茶看见通往二楼的楼梯上站着一个人。他被吓了一跳，倒吸一口凉气。

"你好，我……我是来……"

受到惊吓的陈茶说话变得结结巴巴，一时间连他自己都不知道该说些什么。

那人慢慢地往楼下走，他用手中的烛灯点亮了屋子里的蜡烛，旅馆比之前更亮了。许是因为灯火足够，陈茶觉得自己身上没那么冷了。

只听那人问："是来投宿吗？"

从声音判断，对方应该是个上了年纪的老人。

陈茶直直点头："对。"

他又急着解释说："老人家，我想问问您为什么我走遍了整个小镇都没有看见一个人，每一户人家都紧闭着大门，我在门外高声呼叫，也没有人开门。我实在是太饿了，走了很远，才找到了您这里……"

"那是因为你还没有入住。"

老人的回答,让陈茶心中更为诧异。

紧接着,老人又问:"你是怎么来的这里?"

陈茶想了想,回答说:"我跟同事们外出游玩,我好像踩滑了脚,从小山坡上摔下来,好在我命大,没有出事儿。后来,我一路走到了这里……"

老人打量了一眼陈茶身上的伤,陈茶的左脚受伤了,脸上和手臂上都有擦伤,"旅馆内有药,一会儿可以包扎一下,安心在此休养。"

陈茶感激地说:"多谢老人家愿意收留,只是我现在身上没有多少钱,付不起费用。我只歇一晚,明天就走。"

老人又说:"你不必这么着急出去,这座小镇易进难出。"

"这是什么意思?"陈茶越发觉得这座小镇古怪,自他从山坡上摔下来后,他的手机没有一点儿信号,这里仿佛是处与世隔绝的桃源。

"这里究竟是什么地方?"

"时间旅馆,出售时间的地方。"

"根据你这一生履历来算,你的两年时间价值三十万。只要你同意签订这份契约,我支付你三十万。"

老人的声音像是蛊惑虫,一点点撕咬着陈茶的理智。

他终于成功了。之前听人说,在一处无名小镇有一位专门购买时间的老人,你只要将自己的时间出售给他,就可以获得价格不菲的酬金。因此,他四处寻找,特地选择从那个小山坡跳下来,就是为了找到这座无名小镇。

本以为自己就快死在这里,天无绝人之路,终于让他找到了。

"我答应。"

说完,他拿起笔在契约上写下自己的名字,契约生效。就在那一刻,屋内的钟表竟然响了,指针嘀嘀嗒嗒地走动起来,老人微笑地看着陈茶:"这是二楼三号房的钥匙，你打开那道门，就可以回家了。"

陈茶喜极而泣："谢谢，谢谢你。"

他拿着钥匙，不顾左脚的疼痛，喜滋滋地跑上二楼打开三号房的门，推开门进去，两眼一黑，陈茶倒在地上。

等到他再次醒来，眼前的场景已经变换，发现自己躺在家中。

陈茶立即起床，跑向父亲的房间门口敲门："爸，我们家有救了。"

刚一说完，父亲和母亲就从身后出现，莫名其妙地看着陈茶："儿子，你睡觉睡糊涂了，什么叫我们家有救了？我们家出了什么大事儿吗？"

陈茶说："爸，你之前不是因为欠下二十五万债，就想轻生，抛下我和母亲吗？我现在有了三十万，我能帮你还债了。"

陈爸爸与陈妈妈相视一笑："儿子，你当真睡糊涂了，那是两年前的事情，现在家里的经济危机早就过去了。"

"什么？"陈茶拿出手机一看，时间已经是2020年，"怎么会这样，一下子就到了2020年。难道是因为我出售了两年时间，所以我的日子一下子跳转到2020年？"

陈爸爸问："出售两年时间，是怎么回事？"

陈茶解释说："我因为担心家里会出事，所以去时间旅馆找到老板，出售了两年时间给他。他答应给我三十万，帮我渡过难关。"

陈妈妈笑了："儿子，你这是说什么笑话？两年前家里出事那会儿，是你把爸爸给劝下来，你俩一起打拼了一年多，终于凑够了三十万还债，剩余的五万块一直存着呢。"

陈茶挠了挠头，完全不敢相信事情会往这种方向发展："真的是这样吗？"

"是啊，我们还能骗你不成？"

陈爸爸说："你啊，刚才肯定是做了一个梦，把梦当真了，这世上怎么会有人购买你的时间，给你金钱，这完全是天方夜谭，只有努力才能换来这一切。你如果想坐等天上掉馅饼，那等待你的只有陷阱。"

陈茶犹如丈二和尚摸不着头脑，他难道真的是做了一个荒唐的梦？

午饭时间，陈茶一直在回想之前的事情。

因为父亲做小生意被朋友所骗，要赔二十五万，当时家中只能拿出一万块钱，他们四处求亲戚，最终也只能凑够五万块，根本没办法解决家中困境。他刚刚大学毕业，没办法帮助父亲，只能看着父亲每日借酒消愁，有一回父亲喝醉了酒，无意中透露想要一死了之。

在走投无路的情况下，陈茶想到了时间旅馆的传说。

"你啊，少想那么些乱七八糟的事情，有时间啊多想想，怎么才能把明云给娶进门。"陈妈妈给陈茶夹菜。

陈茶愕然抬头："明云，她和我在一起了吗？"

明云是陈茶的大学同学，在大学里，他暗恋了明云四年。因为他与她的差距太大，陈茶一直不敢表明自己的心意，只能默默地陪伴。

陈爸爸狐疑地看了一眼陈茶："陈茶，你这一觉睡醒跟失忆了一样，明云去年就和你在一起了，只是她的家人觉得你俩不合适，一直没答应。"

陈茶一下子蒙了，自己竟然和初恋女神在一起了！

他努力回忆这两年，却发现自己什么都想不起来，完全是一页白纸。

这时手机忽然响了。陈茶低头一看，来电显示：小云。

他愣了愣，最终还是接通了电话："明云？"

明云温柔的声音从电话那头传来："你昨天有些感冒，很早就睡了，今天好些了吗？"

"好些了。"

"那昨天我跟你说的事情，你记住了吗？"

陈茶身子一僵，他是真的什么也想不起来，只说："我刚睡醒脑子有点儿不好使，你再说一遍？"

明云微怒："你究竟有没有把我的话放心上啊，咱们昨天不是说好了吗？我爸妈不同意我们结婚，因为你买不起房子和车，我愿意把自己的钱拿出来和你一起买房子，你答应我，会对我好一辈子。你忘了吗？"

一时间，接收到那么多信息，陈茶的头有些痛。

"你不会耍赖吧？陈茶，我跟你说，我已经跟父母摊牌了，他们说只要你答应买房子，我们下个月就可以结婚，如果你不答应，那我们的关系就到此为止了。毕竟我现在已经二十七岁了，他们不想让我继续折腾……"

明云的声音像是一只夏蝉，吵得陈茶头痛欲裂。

"陈茶，你真的想分手吗？"

这句话扎在陈茶的心上，他脱口而出："当然不想，我会努力想办法买房子，不让你出钱，我会努力工作。"

明云笑了："我就知道我看中的人不会错，那下周末晚上来我们家吃饭吧，我父母想见一见你。"

"好。"

挂断电话后，陈爸爸和陈妈妈齐齐看向他："还是因为买房子的事情吗？"

陈茶无奈地点点头，本以为已经渡过一个难关，谁知道又进入了下一个困境。

"唉，那套房子要一百万呢，你就算是在这一年内拼了命，也赚不到一百万。"陈爸爸叹息道。

陈妈妈无奈地说："明云是个好孩子，可是她父母真的有些刁难人，明知道我们家刚渡过难关，真的没有办法拿出一百万。"

三人愁眉不展，看着一桌子菜都没了胃口。

陈妈妈劝说："要不，儿子，咱们算了吧，妈妈给你重新介绍一个？楼下张妈妈的女儿不错，踏实本分。"

陈茶却说："妈，我喜欢明云那么多年了，她终于答应跟我在一起，我想努力一下，不想放弃。"

陈妈妈有些急了："可是一百万真的不是小数目，他们家之前就说过，一年内买不起房，那就趁早分手。儿子，不是妈妈不支持你这段恋爱，是我们家真的能力有限，妈妈也不想你吃苦。"

陈茶一咬牙说："我知道，我会想办法的。"

"你能有什么办法？"

"我还想去试一试。"

如果，在时间旅馆出售自己的时间，能够加快时间进程，早一点儿走出这些困境，那好像是一件好事。只要自己走出这个困境，就能与明云在一起了，陈茶想自己可以再去出售一次时间。

只不过在这之前，陈茶决定去见明云一面。毕竟，两年的时间过去了，他想去看看明云与当年是不是有些不同。

时间很快就到了周末，与明云约定的时间到了，陈茶特地去买了一身西装，希望自己能够给明云的父母留下个好印象。

按照明云给的地址，陈茶找到了明云家居住的小区，当看到明云穿着一身粉色长裙站在小区门口时，陈茶心中有些激动。

两年未见，明云还是那么好看，美艳动人。明云看见陈茶，冲他跑过去，扑进他的怀里。"陈茶，我终于等到这一天啦。"

陈茶伸出手揉了揉明云的脑袋，他喜欢了那么多年的女孩，终于可以嫁给自己了。不知道为什么，这一刻他有些想哭。

因为他完全忘记了这两年里，自己是如何与明云相处的，也忘记了明云到底是怎么接受自己的。

"你怎么哭了？"

明云抬起头看见陈茶眼角的泪水。

陈茶忙挤出一个笑容解释："我现在好感动，你知道吗，我喜欢你很久很久了。从大学到现在，能够有今天，我真的很开心。"

"笨。"明云说，"我当然知道啊，你对我的好，我都看见了，我又不是盲人。"

"可是，明云，我忘记了我和你是怎么在一起的。我这几天的记忆力很不好，生了一场病，好像把这两年的记忆忘得一干二净。"陈茶轻轻地搂着明云说，"我很害怕，下次见面我也会把今天这一幕忘记。"

明云娇嗔道："你好烦啊，为什么要说这些，惹我伤心。"

"我是认真的啊。"陈茶说。

"那我告诉你啊，你跟我表白是在去年的圣诞夜，我在一家餐厅吃饭，你在餐厅打工。那天我吃完饭回家，被小流氓骚扰了，是你帮了我。那个时候，你跟我说回家的路上要小心，以后你不可能一直帮我了。"

"我问你，你为什么不能一直帮我。其实那个时候我就知道，每天你都陪在我身后，送我回家。你跟我说，你想去一个地方，因为生活的重担压得你喘不过气，所以你想休息。我知道你家中的情况，就对你说，让我来帮你吧。"

明云微笑，牵住陈茶的右手："那天就跟今天一样，我朝你伸出手，说让我帮你一次，跟我在一起。"

闻言，陈茶瞪大眼睛，他不敢相信自己的耳朵，"不是我先向你表白的吗？"

明云说："我才是最先开口的那个，所以……陈茶，你不要放弃，因为我也没有放弃。能够看见你们家状况变好，我很开心。"

陈茶愣住，原来这两年的苦难，都有明云陪着，他并不是孤身一人。

他把明云拥入怀中，柔声说："好，我答应你。我会很快回来，和你结婚的。"

明云惊愕地问："你要去哪里？"

陈茶没有说话，他牵着明云的手走进了小区，去拜访明家父母。在家宴上，他对明家父母承诺，自己一定不会辜负明云的心意，会赚足钱再来娶明云。

家宴结束后，陈茶再次去了时间旅馆。

时间旅馆还是和之前一样,没有一点儿变化,只是那位老板的容貌似乎有所改变。陈茶初见老板时,老板的年纪七十岁上下,满脸皱纹,头发和胡须全白了。今天一见,陈茶差点儿认不出来。

老板好像变得年轻了,脸上的皱纹也少了一些。

"你来了。"老板穿着一身中山装,端正地坐在沙发上,他的右手把玩着一块老怀表。

陈茶怔住:"您是之前那位老人家吗?"

老板点头:"是。"

陈茶有些纳闷:"为什么感觉有点儿不一样,您好像变得年轻了一些……"

"那是正常的,因为你们把时间卖给我,相当于帮我恢复青春。"老板微笑,"你这次来得这么快,想必遇见了什么大事?"

陈茶点点头:"我想和心爱的女孩结婚,可是因为她家中父母的缘故,我不得不凑足一百万去买房子。如果没有房子,我就不能与她结婚,一年后必须分手,来之前我已经打了包票,肯定能够买房子。"

老板微微颔首,他似乎早已看遍这些前来与自己做交易的人,"每个人都有不同的困境,时间旅馆就是用来帮你们走出困境的。"

"你应该也清楚了,只要出售时间,你就会把这几年内发生的事情全部遗忘,这相当于为你的人生安装了一个快进键,让你跳过了那些麻烦。"

陈茶说:"我知道。"

老板微笑说:"这是第二次做交易,起步价为十年,根据你一生的履历算出这十年时间价值两百万。"

陈茶怔住,他这十年时间竟然价值两百万!他正欲开口答应,却听老板说,"即使是忘记十年的记忆,一下子步入三十七岁,你也愿意与我交换时间吗？"老板淡淡一瞥陈茶。

一句话将陈茶想说的话，扼在喉中。

十年的时间，价值两百万，这当真是一笔不小的数目。如果自己不与老板做交易，兴许这十年间他还能赚更多钱，可是机会只有一次，他如果拒绝这次交易，那他就没有办法和明云在一起了。

思考了良久，陈茶最终还是选择答应。

陈茶坚定不移地说："我答应这次交易，十年时间，即使没有记忆，我也答应，只要能够和她在一起，我什么都答应。"

老板微微一笑："年轻人的爱情，爱到浓烈，什么都敢说。时过境迁，你真的以为自己还能保持当初的心境吗？"

陈茶没有在意这句话，他已在纸上写下了自己的名字。

契约生效，老板拿出一把钥匙。

"二楼三号房，去吧。"

陈茶拿着钥匙，走上二楼，他转过身再看了看老板。发现老板也在同一时间抬起头看着自己。

老板的面容比之前更年轻了，看起来似乎只有五十岁。

从时间旅馆出来后，陈茶发现时间已经是2030年。

"爸爸，你终于醒了。"一个小女孩的声音钻进陈茶的耳朵里，他转过身看着这陌生的房间，低头看见一个七岁的小女孩仰着头看着自己。

十年的时间过去，他竟已有了女儿。

小女孩模样生得可爱，与明云有七八分相似。

陈茶暗想：自己一定是与明云结婚了，这是他和明云的女儿。

他微微弯腰，伸手摸了摸小女孩的头，宠溺地问："你叫什么名字？"

"爸爸，我是妮妮啊，陈妮妮。"女孩歪着头说，"你不记得我了吗？"

陈茶温柔地说:"爸爸当然记得。"

妮妮奶声奶气地说:"爸爸,我饿了,你做饭给我吃好不好?我不想再吃外卖了,妈妈跟我说外卖不干净,让你以后做饭给我吃。"

陈茶看见屋内摆放的外卖盒子堆积如山,整个客厅像个垃圾场。这几年到底发生了什么?他和明云都是爱干净的人,怎么可能任由自己的家如此脏乱,这简直不是人待的地方。

他问:"妮妮,妈妈呢?妈妈去哪里了?"

妮妮喝着牛奶说:"妈妈,妈妈早就离开了啊。"

"什么?"陈茶震惊,"明云死了吗?"

妮妮被呛了一口牛奶,"妈妈没有死,爸爸你在乱想什么?你们早就离婚了。"

比起明云死亡,他和明云离婚更让他震惊。

"我和明云离婚了?"陈茶一脸不可思议,"我那么喜欢她,我怎么可能离婚,这不可能。妮妮,你不要撒谎。"

妮妮摇头辩解:"妮妮没有撒谎,你和妈妈在两年前就已经离婚了。"

陈茶僵硬地站在原地,他和明云离婚了,为什么会离婚?为什么现在会变成这个样子?

妮妮叹息道:"爸爸,你怎么老是记不住事!"

"妮妮,你能告诉爸爸,我和你妈妈是怎么离婚的吗?"陈茶将妮妮抱在怀里。

妮妮说:"妈妈嫌爸爸懒惰,不爱做事,没有以前勤奋了。爸爸和妈妈每天都在吵架,妈妈说她很累,过不下去这样的日子,她很想念以前的爸爸,所以不能和现在的爸爸在一起了。"

"我,很懒惰?"陈茶指着自己问。

妮妮点头,"对啊,爸爸每天都喝酒,把家里弄得一团糟。"

陈茶还是不敢相信自己会变成这个样子,"我是从什么时候变成这样的?"

妮妮仔细回忆："听妈妈说，是我四岁时，爷爷奶奶去世之后，爸爸就变成这样……"

陈茶惊愕地瞪大双眼，他的父母死了？十年过去，这其中的酸甜苦辣，他竟然一点儿都没有体会过。

过了一会儿，妮妮抱着陈茶的手臂说："爸爸，你可不可以去把妈妈找回来，我想要你们在一起。这三年，没有妈妈在身边，我们都过得很不开心。虽然妈妈总是说很讨厌你，不想看见你，可是我知道她也过得很不开心。我想让你们都变好，不想再每天吃泡面了。"

妮妮委屈地说："你知道吗，我们同学都嘲笑我是个没妈的孩子，可是我明明有妈妈，我为什么不能和她在一起？"

陈茶看着妮妮哭泣的样子，他猛地想起了时间旅馆老板留给自己的最后那句话。

"年轻人的爱情，爱到浓烈，什么都敢说。时过境迁，你真的以为自己还能保持当初的心境吗？"

交易结束，不过短短十年的时间，他和明云竟已变成这般模样。

当初的誓言似乎还在昨日，眨眼间，两个人已离婚。

"我还保持着当初的那份心境吗？"陈茶低声问自己。

妮妮说："当然啊，我知道爸爸很爱妈妈，你每天喝醉了酒都在想妈妈。只是你做了很多错事，你需要去求妈妈原谅，我相信她会回来的。"

陈茶看到自己有不这么聪明的女儿，忽然觉得很欣慰。

"妮妮，你愿意陪爸爸一起去找妈妈吗？"

妮妮点头："当然愿意啊，我知道妈妈现在在哪里，我带你去见她。"

陈茶说："好，不过在这之前，我们需要把家里打扫干净，迎接妈妈回来。"

陈茶找到了明云，已经三十七岁的明云不再年轻，她的脸上已有皱纹，乌发里也藏着银丝。她忙碌地为餐馆里的客人端上小面，穿梭在厨房和客人之间。

妮妮最先跑过去，"妈妈，我和爸爸要吃你煮的牛肉面。"

明云低头看见自己的女儿，心底一怔："妮妮，你怎么跑到这里来了？"

"不仅我来了，我把爸爸也带来了。"

明云回头一看，看见陈茶站在门边，脸色微变："我不想看见你，现在店里的生意很忙，有什么话晚上在电话里说。"

陈茶却说："我不是来找你说事的，我是来帮忙的。"

说着，陈茶就撸起袖子，走进厨房帮明云煮面。他虽然不知道明云为什么会在面馆里，但是现在最要紧的不是询问，而是帮忙。眼下正是中午十二点，面馆里的客人很多，明云忙得团团转，身边却只有一个帮忙的小姑娘。

"你能不能别来闹事？"明云骂道。

陈茶不管不顾，煮好面就给客人端上去。

在面馆里忙活完，已经是下午两点，客人终于走光了。

陈茶这才有空跟明云说话："明天还会这么忙吗？"

"每天都这么忙，你又不是第一天才知道。"

陈茶说："那我明天也来店里帮忙。"

明云颇为不悦："陈茶，你要清楚我们已经没有任何关系，你不要再来打扰我。"

"小云，我没有打扰你。只是看你忙不过来，我想来帮帮你，这是真心的。"陈茶低声说，"我最近几年确实做得不对，可我还保留着当初的心境，我对你一直如初。"

说完，他牵着妮妮头也不回地走了。

明云愣在原地，她有好多想说的话没有说出来。

接下来的几天，陈茶都定时出现在面馆里，他并不做多余的辩解，每天都默默地做事，两点半准时离开面馆。

时间长了，明云也察觉到了陈茶的改变，只是她还不想这么快原谅陈茶。

这一天，正是妮妮的生日，陈茶买了蛋糕在面馆为妮妮过生日，明云顾虑女儿生日，也不好意思赶走陈茶。

三人正愉快地切着蛋糕，明云忽然晕倒在地。

陈茶立即将明云送进医院，这才得知明云得了肝癌，已经是中期。

"你为什么不告诉我？"陈茶哭着问明云。

明云红着眼眶说："这些年，你也没问过我。我时常觉得这一生，我们的缘分也到此为止了，我以前是真真正正地爱过你，离婚那天我想你会挽留我，可是你什么都没做。你甚至大声地冲我吼'我为了你已经出售了十年的生命，才换来了一栋房子，你为什么一点儿付出都没有。'"

陈茶愕然，解释："这不是我的本意，这不是我，我不会对你说这样的话。"

"不管是不是你的本意，我都已经听见了。"明云问，"陈茶，我和你在一起这么久，难道我真的一点儿都没有付出过吗？"

"你每天出去上班，我在家里照顾孩子，照顾老人。我本来也有工作，可是你父母生病后，我一直都在照顾他们，自己也丢了工作。而你，仅仅因为事业不振就对我发这么大的脾气。"

明云说着说着就流下眼泪，陈茶看得心疼，他曾经把这个女人放在掌心里，为什么这么多年之后，是自己先伤害她？

陈茶诚恳地道歉："对不起，明云。是我错了，我不该说那样的话，我当时肯定是疯了。"

明云说："事情已经过去了，我现在对你没有任何要求。"

陈茶说："可是我对你有要求，我不想让你这么累，我想让你健康平安地活着。我一定会帮你凑足医疗费的。"

明云苦笑："陈茶，你已经没有工作了，你上哪里去凑那么多钱？"

"我还有时间。"陈茶说，"只要我把自己剩下的时间都卖给他，我相信我可以救你。"

"你真的疯了，又在说时间旅馆这种荒唐的故事。"

"我是认真的，十年前为了娶你，我把自己十年的时间卖掉了，一夜醒来，我就到了十年之后。"陈茶如实说,"其实关于这十年间,我们的种种恩怨,我都不记得。因为,我把时间卖给了别人。"

明云忽然有些生气:"那这次呢,你还打算去卖时间,然后把我和妮妮都忘得一干二净吗?你卖掉十年时间,我们变成这个样子。如果下一次别人再叫你卖掉二十年时间,我们还能再见面吗?"

明云怒道:"你失去的不是时间,而是人生。本来你可以用十年的时间去赚取两百万,甚至还会拥有更多的东西。可是这些你都舍弃了,你只看见了眼前的利益。陈茶,你是真的变了。"

"可是,如果我不这么做,我没有办法娶你,也没钱医治你。"陈茶苦恼地抓着头,"我只是想留住你,难道这样也有错吗?"

明云忽然伸手,握住了陈茶的手。

"如果你真的想留住我,答应我,不要再去交换时间,认真地度过每一分钟。"

陈茶不敢点头,他现在是真的很需要钱。

明云微笑:"你答应我吧。我不想你到最后,什么都没有……"

"好。"

十天后,陈茶找亲戚朋友东拼西凑,凑足了十万元,可以给明云做第一期手术。

那天的天气很晴朗,他看见三十七岁的明云笑得那么美,比二十七岁的明云更显温柔。

主治医师就是在这时,出现在病房,他轻轻拍了拍陈茶的肩膀:"陈先生,一会儿就要进行手术了。"

陈茶回头看着那穿着白大褂的医生,双眸圆睁。

"怎么会是你?"

眼前的医生与时间旅馆里的老板长得一模一样,只是他比那个老板更加年轻,看起来只有四十岁。

医生微微一笑:"陈先生,你的心境还如当初一般吗?"

陈茶坚定不移地回答:"我依然爱他。"

"那这一次,你还要和我交换时间吗?"

陈茶想起自己答应明云的话,坚定地摇头。

不管未来如何,他都要过好人生中的每一天,每一分钟都是价值不菲的宝物,不可失去。

CHAPTER

05

锦鲤
轮盘

陷入了运气狂欢和锦鲤热潮的我们，忽视了一个非常重要的现实——
对普通人来说，想要成功，不能靠运气，主要还是靠能力。

一

"你好,小姐,由于你的幸运值爆棚,此次用餐免费。"

长相甜美的服务员小姐将账单递给况恩,微笑道:"此次用餐您一共消费了一百二十八元,我们店里有一个锦鲤活动,今天消费满一百二十八元的顾客,将会被赠送一件小礼物。"

况恩张大嘴巴不可置信地望着服务员,只觉得自己是在做梦,捏了一下自己的手臂,发现自己真的是在现实里。她忍不住问:"今天不是愚人节吧?"

"当然不是。"服务员非常肯定地回答,"今天是2019年3月1日,距离愚人节还有很长一段时间。最重要的是况恩小姐,您在这一个月之内都可以享受锦鲤主人的待遇。"

"你怎么会知道我的名字?"况恩极为震惊,因为公司距离这家饭店很近,她经常和同事来这里吃饭,可是她并没有在这家饭店泄露过自己的信息。一种不祥的预感涌上心头,她感觉这种"馈赠"是一场计划已久的阴谋。

服务员闻言,露齿一笑,只见她举步让开,背后的大屏幕露出来,上面播放着一则新闻:本月的锦鲤主人是况恩小姐。

看见自己的名字和照片出现在新闻上,况恩极为疑惑,这个锦鲤主人究竟是什么?

"你好,这是送给你的礼物。"饭店老板不知什么时候出现在自己身后,况恩回过头来,被这张脸吓了一跳。

她想起来昨天晚上睡觉前,有一位不认识的网友给她发了一条抽奖链接。她点进去看见一幅诡异的画面,黑色的背景上有一个巨大的轮盘,轮盘的上方写着四个大字——"锦鲤轮盘"。

紧接着背景音乐响起,有一个男人在说话: 为了使每个人有被幸运之神眷顾的可能,上帝设置了锦鲤轮盘,每个月的第一天是轮盘重启的日子。现在,轮到你了,你有勇气参与这次抽奖活动吗?

况恩本来就是个胆大的人,并没有被这个古怪的抽奖吓住,她开始认真地阅读轮盘上写着的文字,轮盘分为四个板块,分别为红、黄、蓝、黑。

黄色板块写着：一周锦鲤主人体验，带你享受梦想成真的美妙人生。

蓝色板块写着：一个月锦鲤主人体验，美妙人生的上升级。

红色板块写着：一年锦鲤主人体验，你是最幸运的人。

黑色板块写着：终生××……

"终生"两个字后面，像是被人故意涂抹，况恩没有看清。

"现在这些人做的抽奖，真是越来越夸张了，这个轮盘竟然连奖品都不标注，鬼知道它会给我什么体验。"况恩嘟囔了几句，并不打算抽奖，她虽然是各类抽奖的忠实玩家，可是她也是有原则的。这种不清不楚的抽奖，万一上当了怎么办？

况恩点击"关闭"，却发现自己根本退不出去这个页面，不仅如此她的手机也无法关闭。

——必须参与！

手机上突然多出四个大字，况恩有些慌了，感觉这是个病毒链接。

她咬咬牙，最终点击了"抽奖"，轮盘启动，况恩闭着眼睛祈祷着能有一个好结果。

三秒钟后，轮盘指针停留在蓝色板块：一个月锦鲤主人体验。

况恩睁开眼睛，看见手机屏幕上开始放烟花，最终化为几个大字：恭喜况恩小姐。

况恩如同见鬼一样，迅速关闭手机，蒙头大睡。

一觉醒来，已是早上八点半，她火速赶到公司，被老板一顿臭骂，因为前几天做的方案不成功，这个月业绩最差，老板将她开除。

失业的她，来到公司楼下的饭店决定大吃一顿，安慰自己受伤的心。

谁知道，那个轮盘转动后，她真的成了这个世界上最幸运的锦鲤主人。

饭店老板送给况恩的小礼物是一条锦鲤，况恩很愉快地收下了，她感激

地对老板说："多谢你昨天晚上发给我的抽奖链接，我才能中奖。"

她记得很清楚，那个陌生网友的头像是真人照片，照片上的那个男人与饭店老板长得一模一样。现在近距离一看，饭店老板长得还不错，如果颜值打分以十分作为满分，他可以得七分。

"我并不认识你啊。"饭店老板愣愣地看着况恩，"你为什么要感谢我？"

况恩皱了皱眉，明明长得一模一样，为什么他不认识我呢？难道，是我记错了？

"那你有没有双胞胎兄弟？"况恩在心底打起了小算盘，锦鲤轮盘上写着梦想成真，假设真的能够让她心中所想的一切都能成真的话，那她现在还缺一个男朋友，这个饭店老板长得颇合眼缘，况恩想：假如他没有女朋友，那就让我成为他的女朋友吧。

这个想法在心底生出之后，刚才还面无表情的饭店老板，现在竟然对着况恩笑了。

"我没有双胞胎兄弟，不过我现在想问问，况恩小姐有没有男朋友？"

况恩呆愣地摇头，难道自己刚才心中所想变成现实了？

只见饭店老板抿唇一笑："那我可以当你男朋友吗？"

"当然可以！"况恩满心欢喜地答应。

正在这时，周围用餐的人纷纷为其鼓掌，他们一起朝着况恩走来，将她和老板围在中间，面露微笑地祝福："恭喜况恩小姐。"

况恩被这样的祝福弄得面红耳赤，单身二十五年，她今天终于脱单了，还有这么多人祝福。

"成为锦鲤主人真的太好了！"

饭店老板温柔地说："请允许我向你介绍我自己，我叫曾锦，我将用我的一生来爱你。"

况恩差一点儿喜极而泣，这是她在心中幻想过很久的表白场景，竟然在这一刻实现了。

虽然眼前这个人不是昨晚发给自己抽奖链接的陌生人，她仍对他无比感激。

她本以为吃饭不用付钱已经很幸运了，没想到还能捡到一位帅气男朋友，真是人生幸事。

当她和曾锦踏出饭店大门,她才知道成为锦鲤主人的好处,走在大街上都有人给她送礼物,逛个街,服装店的老板都恨不得把自家衣服全送给她。

那一瞬间,况恩觉得自己不是锦鲤主人,而是人民币,被万千人喜爱。

有了这样的人生,她完全不需要工作,坐在家里躺在床上都能有人伺候她。

况恩窝在沙发里,搂着曾锦:"曾锦,我觉得我太幸福了。"

曾锦微笑着回应:"小恩是世上最好的人,你值得拥有这最好的幸福。"

在况恩成为锦鲤主人的第二十一天,她想与曾锦结婚。因为她认为这世上应该找不出比曾锦更好的男人,这个男人无论从哪一个角度看,都堪称完美,容貌、家世、脾气性格,都与况恩之前在心中所想的完美男朋友的设定一模一样。

"曾锦,我们结婚吧。"况恩给鱼缸里的锦鲤喂食,这条锦鲤是半个月前,他们初次见面的那天,曾锦送给自己的礼物,如今想来这应该就是定情信物。

曾锦在厨房里洗碗,听见况恩提出这个要求,他有些为难。

"小恩,我也很想娶你,可是……"曾锦没继续说下去。

"可是什么?"况恩有些着急,自恋爱以来,曾锦对她有求必应,从未说过拒绝的话。难道现在,他要拒绝我,不想跟我结婚?

曾锦抿了抿嘴唇,像是个犯错的小孩,垂着脑袋说:"我感觉我没有办法给你幸福。"

"为什么会这么说?"况恩说,"你对我这么好,我觉得自己很幸福。"

曾锦小声说:"可是我现在……我的饭店即将倒闭了,我欠了很多债,根本没有办法给你幸福。"

"什么？"况恩吃惊道，"你为什么从来都没有跟我说过这些？"

曾锦辩解道："我不想让这些事情困扰你，我觉得我一个人可以承担，可是现在我已经没有办法让饭店挺过难关，再过五天，我的饭店就会被人收走。到时候，我将身无分文。这样的我，根本配不上你。"

曾锦下定决心说："我们分手吧，小恩，你值得拥有更好的人。我不想让你跟着我受累。"

况恩从未想过这种只在电视上见过的狗血剧情，居然会发生在自己身上。男主家里破产或者是男主得了重病，为了不让女主跟着受苦受累，毅然决定与女主分手，然后说：我是不想让你和我一起受苦。

况恩忍不住笑了，她走过去拉住曾锦的手："笨，我跟你在一起又不是为了你的钱。你其实应该提前告诉我这些，我可以帮你啊。"

曾锦问："怎么帮我啊，你哪有这么多钱让饭店起死回生。"

"你忘记了我是锦鲤主人吗？"况恩笑眯眯地说，"只要许个愿，一切都会变成真的。"

曾锦半信半疑："真的吗？许愿是只对自己和家人有用吧，我只是一个外人。"

况恩撒娇道："所以呀，你应该和我结婚，这样我们就成为一家人了。我再许愿让你的饭店渡过难关，这就是最完美的结局啊！"

曾锦将况恩搂入怀中，低头吻在她的额间："小恩，你真是我的宝贝。"

况恩娇羞地问："那我们什么时候结婚呀？"

"当然是越快越好。"

"你就这么等不及了？"

"是你的时间快到了。"

四

曾锦所说的时间快到了，是指况恩成为锦鲤主人的一个月时间即将结束。

因为沉浸在二人的甜蜜世界，享受着人们给她的免费礼物，况恩忘记了锦鲤轮盘上规定的日期，当初她抽到的是一个月锦鲤主人体验。如今还只剩下十天，十天过后，她将失去锦鲤主人待遇，又会回到以前的平凡生活。

况恩有些不敢往下去想，人如果习惯了安逸舒适的生活，又怎会甘愿回到从前？

思考半天后，况恩有了一个新的想法，既然锦鲤主人许什么愿都能成功，那她为什么不许愿下一个诞生的锦鲤主人还是自己？

况恩立即打开手机，寻找当初那个神秘的联系人，将最近联系人拉到底，她也没有找到那个联系人。在这诸多头像里，竟然没有一个人的头像是那个男人。

"奇怪，明明记得头像里的男人长得与曾锦一模一样啊，为什么现在没有呢？"

况恩仔细地翻看了一遍，最终锁定了一个目标。联系人里有一个人的网名是：Alano。

Alano 是古希腊神话传说中的人物，叫阿兰朵，是神话中的"幸运之神"。

应该就是这个人，整个列表里只有他与"幸运"有关。况恩迅速点进聊天框，发现自己与这个人并没有聊天记录，就连那条抽奖链接也消失得一干二净。

他的头像也从一开始的男人，变成了一个女人，难怪自己没有在第一时间找到他。

况恩点开大图，发现这个人的头像竟然是自己的照片！

"你为什么用我的照片做头像？"况恩看见自己的照片顿时血脉偾张，一瞬间忘记了自己来找这个人的目的。

对方并未立即回复，况恩忍不住又问："那天是不是你发给我的抽奖链接？"

"是。"

得到回复，况恩感觉自己的心跳越来越快，她现在很需要这个链接再抽一次奖！

她问:"你可不可以把链接再给发我一次?"

"不能,时间还没有到,您的体验还未结束,我不能违规。"

况恩又问:"那你知道要怎样才能保证我一直都是锦鲤主人吗?"

"没有这种选项。"

况恩有些着急:"我如果许愿我一直都是锦鲤主人,能够成功吗?"

"不能,这对其他人来说并不公平。锦鲤轮盘是一次公平的抽奖,每个人都只拥有一次抽奖机会,时间结束就会轮到下一个人,等到这地球上的人都轮完,你才能得到第二次抽奖机会。"

这是什么奇葩的规定?地球上那么多人,一圈轮完,她人肯定早已不在人世了。

况恩烦躁地抓了抓头发,不再是锦鲤主人,她又要回到以前,每天早出晚归去上班,时常要面对老板的臭脸,这样的人生她一刻都不想过。

或许,现在只有一个办法,那就是赶紧和曾锦结婚。

因为,她无法保证,不再是锦鲤主人后,曾锦还会一如既往地爱她。当初与曾锦在一起是因为她许愿成功,两人一见钟情。如果她不再是锦鲤主人,曾锦或许很难对她一见钟情。毕竟,她对自己的容貌没有十足的自信……

曾锦那么优秀,根本不会喜欢上这样的自己。

一定是因为许愿的缘故,让他一时间鬼迷心窍。

"我得赶紧让曾锦和我结婚,只要我帮他让饭店起死回生,他就一定会记得我的好,到那时即便我没有工作,一事无成,他也会爱我。我是他的恩人。"

况恩自言自语一番,将自己的愿望发给Alano。

"请你帮我,拯救曾锦的饭店,让他娶我为妻。"

Alano:"您的幸运值在47%,很难完成此次要求。"

况恩吃惊地看着这条消息,"幸运值是什么?"

Alano:"幸运值是你成为锦鲤主人的幸运值额度,一开始是100%。因为你已经用了二十二天，幸运值已经偏低。如果你一定要许此次愿望，你可以将剩下的47%都押在这一愿望上。"

况恩突然回想起来，那天她在饭店里服务员就对自己说过，她的幸运值爆棚，那是她成为锦鲤主人以来的第一天，拥有100%的幸运值。之后，她一直以为自己可以这么幸运，便随意许愿，却不承想许愿也是需要付出的，幸运值一直在不断地减少。

"不过那也没有关系，我遇见曾锦就是最大的幸运，我愿意把剩下的47%全部押上，请你实现我的愿望，帮助曾锦渡过难关，让他荣华富贵。"

"完成您的愿望。"

"提示：您的幸运值为0%，还剩最后的八天，祝您愉快。"

聊天结束，不到五分钟，况恩的手机响了，打来电话的人正是曾锦。

曾锦在电话那头特别兴奋地说："小恩，我的饭店有救了，刚才有人打电话说愿意帮我们，以后我们的饭店会变得更大，到那时你就是饭店的女主人。"

况恩开心地说："曾锦，我们结婚吧。"

"好。我找人看了日子，3月29日是个吉利的日子。"

况恩点头："我爱你，你是我的全部。"

"我也爱你。"

挂断电话，况恩嘴角的笑意还未淡去，她想即便不做锦鲤，依然如此幸运，因为她有曾锦，曾锦就是她的全部。

六

3月29日，况恩和曾锦的婚礼在俞江酒店外的草坪上举行，那是她一生中最幸福的一天。

婚礼结束后的第五天夜里，况恩从外面购物归来，路过鱼缸时发现那条定情信物锦鲤竟然已经死了。

"曾锦,鱼死了!"

况恩不敢相信,早上还活蹦乱跳的鱼,现在竟然翻了白肚,漂浮在水面上。她慌忙地抱着鱼缸跑进厨房,却看见厨房里乱糟糟的,油腻腻的锅碗瓢盆摆了一桌,无人收拾。

她又跑到客厅,看见曾锦懒洋洋地躺在沙发上玩着手机。

曾锦头也不抬地说:"鱼死了就死了呗,改天再买一条。"

"你……"况恩感觉今天曾锦的脸色有点儿不太对劲,平常他看见自己都面露微笑,语气温柔,为什么刚才他说话的语气让人很不愉快,尤其是脸上露出的那种不屑的表情。

况恩小声问:"曾锦,你心情不好吗?"

曾锦懒懒应声:"没有。"

"那为什么你把家里弄得这么乱?"况恩收拾着桌上摆放的垃圾,忍不住抱怨道,"你以前不是这样的,每次我回到家你都会把家收拾得干干净净,还做一桌子好菜等着我。"

"哦?"曾锦站起身,靠近况恩,"那是以前啊,以前你还是锦鲤主人,现在你不是了,我也没有必要再对你好。"

况恩震惊地看着曾锦,"你说什么?你在说笑,对吗?"

曾锦竟露出笑容,一改之前温柔君子的模样,"我可没有说笑,这些都是实话,只不过一开始你看见的我,才是假的。"

"你欺骗我,为什么?"况恩还没有反应过来自己即将面临什么。

"你真的好笨,随便一骗就上当了。"曾锦说,"其实那天在饭店遇见你,是我刻意安排的,我和你在一起,也是在计算之中。"

况恩不可置信地问:"这怎么可能?你是怎么安排我去你的饭店?"

"许愿啊。"曾锦懒懒一笑,"你当时不是问,抽奖链接是不是我发给你的吗?可以说是,也可以说不是。"

"我是上一任锦鲤主人,在最后一天许下的愿望就是让你爱上我。"

曾锦慢慢地朝着况恩走来,她害怕地往后退,原来一开始许愿成功的人,不是她，而是曾锦！

难怪，自己见他第一眼，就爱上了他。

这个男人太可怕了！

"为什么是我……"况恩说，"我与你无冤无仇，你为什么要算计我？"

曾锦微笑："因为我曾经问过Alano，谁是下一任锦鲤主人，他告诉我是你。因此，我才选择和你在一起。"

"每个人成为锦鲤主人的时间都是有限的，等到时间结束，我们从别人手中获得的免费礼物都会被收回，到那时我们将一无所有。但是有一个办法，使我可以一直拥有好运。"

况恩忍不住问："什么办法？"

曾锦轻轻捏住况恩的下颌，用魅惑的语气说："那就是让锦鲤主人——赐给我。现在，你已经把所有的幸运都押在我身上了，你什么都没有了。"

"这就是你的目的？"况恩气愤地甩开曾锦的手，"我要跟你离婚，我不要跟你这种人渣在一起！"

"求之不得。"

话音刚落，离婚证从天而降落在况恩的手中。

况恩忽然明白，这是曾锦最后的阴谋，他是故意逼迫自己说出这句话！

况恩大叫道："我不能跟你离婚，我把全部的幸运都押在你身上！失去你就等于失去了一切！"

"锦鲤许愿，一秒成真，现在已经晚了。"曾锦抿唇一笑，拿着离婚证轻轻地拍在况恩的脸上。

他居高临下地看着况恩，冷冷地说："轻而易举得到的东西，也会在一瞬间失去，不做出一点儿牺牲和努力，你还真的以为自己是'锦鲤'吗？"

况恩死死地扒住门框，曾锦将她扛起来，毫不犹豫地扔出门。

七

"啊！好痛。"

况恩的脑袋砸在门框上,她猛地睁开眼睛,发现自己刚才经历的一切竟然是一场离奇的梦。

她揉了揉脑袋,发现自己睡觉的时候滚落下床撞在椅子上了,睡意清醒,况恩爬上床看见自己的手机还亮着,停留在与Alano的对话框里。

况恩吓得一激灵,难道那不是梦境是现实?

Alano再一次发来了链接。

这一次况恩没有点开,紧接着一个电话打进来,是公司的同事小丽。

"况恩,你怎么还不来上班?你不会又睡过头了吧?"

况恩立即下床,火速收拾好,跑向公司。被老板训斥一顿之后,况恩被炒了鱿鱼,失魂落魄的她又来到了那间饭店。

刚到饭店门口,况恩就被吓了一跳,因为她看见曾锦就在门边对着自己微笑。

"你好,小姐由于你的幸运值爆棚,这次用餐免费。"

况恩被吓得连连后退:"你别靠近我,我这次不会上你当!"

正在这时,广场上的喇叭响了。

"为了使每个人都有被幸运之神眷顾的可能,上帝设置了锦鲤轮盘,每个月的第一天是轮盘重启的日子。现在,轮到你了,你有勇气参与这次抽奖活动吗?"

CHAPTER

06

随机
删除

只有到了临死之际，人才知生命可贵。
即便，他不是人……
他也想活在这世上。

"宋维悦,你有没有看见那个人好像突然之间不见了?"

宋维悦正拿着烤串准备吃,被同伴张思良猛地一拍手臂,香喷喷的烤串掉在了地上。

其实刚才他也看见了,不远处的路灯下有一对年轻的男女正在吵架,吵着吵着那个穿着白裙子的女生突然就不见了,男生慌忙地寻找自己的女朋友。

"小音,小音!"人潮拥挤的夜市里,并没有一个叫小音的女孩子回应他。

宋维悦记得,这个男生是自己的校友,学生会副主席。

"林剑?"他试探性地叫了男生的名字,因为并未过多接触,他怕自己记错了名字。

男生听见有人叫自己名字,立即回过头来看着烧烤摊前站着的两个人,"你认识我?"

"我们是一个学校的,我知道你名字,但并没有和你接触过。"宋维悦简单地介绍自己,"我叫宋维悦,他叫张思良。"

林剑看见两位校友,如同找到救星:"你们刚才看见了吗?我女朋友不见了!"

宋维悦和张思良齐齐点头:"我们看见了。"

"前几天我就听说过,最近有一件怪事发生,走在路上的人会莫名其妙地消失。一开始大家都以为是什么绑架案,后来看了视频才知道,是真的突然之间就消失了,并没有人绑架。"林剑似乎受到了惊吓,神志有些不清,激动地说,"我本来想让小音最近出门在外小心一些,可是她今天非要去参加朋友的生日聚会,我们俩刚刚去参加完生日聚会,眼见着十点钟就要到了,我立刻就带着她回学校。"

"就因为这事儿,她生我气,大吵大闹要跟我分手。"

林剑悲痛地说:"我话都还没有说完,小音就消失了。"

宋维悦和张思良在今天出门前,也接到了通知,说最近总有人失踪,市里通知人们减少出门的次数,如果出门一定要有人陪同。这事儿闹得人心惶惶,许多校友都不敢出门。宋维悦和张思良在寝室里打了几天游戏，对此事并不清楚，只当是一个整蛊人的笑话，两人出门玩了半天，发现并没有什么事情发生。

"打扰一下，你刚才说的十点钟是什么意思？"宋维悦问。

林剑说："我仔细对比过每个人消失的时间，都是十点零五分。"

"刚才，小音消失的时间正好是十点零五分！"

宋维悦惊愕地拿出手机查看时间，确实如此。

张思良心有余悸地说："我一直以为这条信息是捉弄人的，我们两个都没放在心上，没想到竟然是真的。"

"这究竟是什么时候开始的？"

林剑说："10月5日在我市发生了第一起，某个公司的老板在开会时，一下子消失不见，在场十名员工目睹。紧接着就有人说，在另外几个地方也有人突然消失。"

"警方一直在找人，一无所获，因为这些人就像是人间蒸发，无迹可寻。等到10月15日，又发生了第二起。"

"第一次消失了三个人，第二次消失了六个人。"

宋维悦皱着眉头问："这一串数字有什么联系吗？为什么一定得是十点零五分，每次日期也与五有关，而且消失的人数也是在成倍增加。"

林剑无奈地摇头："我也不知道，我只是想保护好我身边人，可是小音她消失了。我连怎么找她都不知道……"

"老宋，我怎么感觉这种事情不像是人为的，有点儿像是灵异事件？"

三个人在一起商讨许久，张思良越发觉得事情不太对劲，他们把相关视频看了一遍又一遍，这实在是令人难以置信，如果这是绑架案，那凶手究竟是怎么做到在众目睽睽之下让受害人消失？这根本就是难于上青天的事儿，唯一能够给出解释的就是灵异事件。

宋维悦皱着眉头观看着第一个受害者的视频，这是C市某公司的早会，老板许成坐在位子上大发雷霆，训斥着一位员工，所有人都不敢吭声，在视频的一分十二秒后，这位老板突然消失，在场的员工都惊呆了。

张思良说："这事儿实在是太诡异了，消失的受害人之间没有一点儿关联，他们之间互不认识，有的甚至相隔遥远。竟然能够在同一天、同一时间段里消失，这根本就不是人能够办到的事情。"

"这确实不是人能够办到的事。"宋维悦说，"但我并不认为这是一起灵异事件。"

"为什么？"张思良和林剑异口同声地问。

宋维悦指着许成消失的视频说："你们仔细看这个视频，许成消失的那一瞬间，他有没有反常的举动。"

"没有，这个视频我看了五遍，他的每一个动作我都记得清清楚楚。"张思良说，"他消失的那一瞬间还在责骂员工，仿佛根本不知道自己会消失一样，那种感觉就像是电脑突然没电，这个人突然下线了。"

"对。"

宋维悦说："这就是最不正常的地方，他是突然下线。"

张思良觉得这句解释更加奇怪了："你是说他在跟人聊天的时候，突然没电了，他就消失了？"

宋维悦点点头。

"许成又不是机器人，他会缺电吗？我觉得这个说法站不住脚。"

"不是他缺电，而是他被随机删除了。"

说这话的并不是宋维悦，张思良和林剑瞪大双眼看着宋维悦的身后，只见一个穿着黑衣、留着齐刘海的女生走出，她微微扬起下颌，露出一双清亮的眸子，目光笃定。

"最近消失的人，都是因为被随机删除。"

张思良似听见了笑话，这是多么荒谬的说法，他往前走了一步问："你有什么证据证明这些人是被随机删除？"

"10月5日之前，我做了一个梦，梦里有两个人在讨论，我们把这些人删除吧，反正他们也没有什么用。另一个人说，可是这座城里的人太多了，删起来很麻烦。"

　　女生盯着张思良说："最后，他们商议了一个时间，'每隔五天删一次吧，我还有点儿舍不得，毕竟当初是我们创建了这座城'。"

　　闻言，宋维悦三个人毛骨悚然，倒不是因为女生说的内容吓人，而是女生在模仿梦里两个人的对话，她的语气极为骇人。

　　张思良率先开口："这只是你的一个梦，梦不能和现实混为一谈，我不相信你所说的。"

　　林剑却面露恐惧之色："不，她说的都是真的。"

　　张思良诧异地看着林剑："你为什么要相信这种无稽之谈？"

　　"这不是无稽之谈，我们学校的人都知道她。"林剑指着女生说，"她是预言家，每天晚上做的梦会变成现实，我女朋友小音就是她们寝室的。"

　　女生抿唇一笑，仿佛有人这么评价自己，她很开心。

　　林剑往后退了一步，他害怕这个女生靠近自己。

　　"你叫周言灵？"

　　女生点点头："你说得没错，你们手机上收到的那条短信提示就是我发的，我找学校领导拿到了每个人的手机号。"

　　"学校领导为什么要把名单给你？"张思良反问。

　　宋维悦咽了咽口水："如果我没记错的话，刚才我们在网上搜索到的第二次消失人的名单里面有……我们学校的副校长夏章。"

　　周言灵微微颔首："不错，我第一次去找他们拿手机号名单，他们不愿意给我，说我危言耸听过于迷信。可是后来，夏章在他们眼前消失了，他们不得不信。之后他们就把名单交给我了，我编辑好短信后发给了学校里的每一个人。"

　　"可惜啊，总有那么一些人不听话，一定要跑到外面去。"

　　她最后这句话就像是在感慨"今天的天气真不好"，一点儿都没有对生命的怜悯之心。

"你相信那个女生说的话吗？"

在返回宿舍后，张思良忍不住问宋维悦，毕竟宋维悦是宿舍的智多星，一有难事儿找他，准能解决。当然，这种难事儿仅限于不花钱的，如果要花钱，宋维悦就不会插手，因为他没钱。

"这个，我也不知道……"宋维悦坐在床上盯着水盆里的洗脚水发呆，"但是除了相信周言灵的说法，我暂时想不出第二个解决问题的办法。"

张思良问："你的意思是，咱们真的得像她说的那样，只能在学校里待着，哪也不能去，一直等到下一次'删除'过后，存活下来？"

在与周言灵分开之前，她曾说过学校目前是最安全的地方，因为她曾做过详细的记录，发现"被删除的人"出现的范围是在学校以外。第一次消失的三个人是在C市的边沿地带，第二次消失的六个人的位置则靠近C市中心。

"我刚才看过C市的地图，我们学校盛林大学就在地图中央，如果周言灵说的是真的，那就代表我们在中心位置可以躲避几次'被删除'的可能。"宋维悦分析道。

"但是这并不能代表，中心位置就能够完全逃避'随机删除'。"

张思良有些着急："这也不行，那也不行，如果她的梦境变为现实，那两个人是打算把我们这座城都删掉。那我们根本就没有活路。"

"我到现在也没有办法相信，这件事竟然是在我们身边真实发生的。"

宋维悦说："要不是今天我们俩心血来潮，跑去外面吃喝玩乐半天，没准到现在我们都不知道外界变成什么样子了。"

说到这里，宋维悦突然想起来："糟了，这个随机删除的范围扩大了！"

"什么？"

宋维悦立即上网搜索C市地图，将他们之前吃烧烤的那个地方画了出来："这是白曦街道，距离我们学校有十分钟的车程。按理说，第三次删除，应该是在白曦街道以外，但林剑的女朋友小音竟然是在白曦街道以内被删除。"

"这个范围扩大了，它越来越靠近我们学校了！"

张思良震惊道："完了，宿舍的老大和老四还没有回来，他们会不会被删除了？"

"第一次删除是三个人，第二次删除是六个人，现在是第三次删除，应该会消失九个人！"

张思良越琢磨越不对劲："我得赶紧打电话给他们，今天白天他们俩也出门了，好像是去了白曦区找朋友一起泡温泉。"

电话打过去不到三秒钟，一个冰凉的机械音传出："你所拨打的用户并不存在。"

张思良一颗心提到了嗓子眼，"这不是真的，这不是真的……人怎么可能会被随机删除，我不相信。"

紧接着，他拨打了老四的电话。

"你所拨打的用户并不存在……"

张思良一把抓住宋维悦的手："谢奇和修文都不见了。"

宋维悦的面色极其难看，果真如周言灵所说，学校是最安全的地方，离开学校就会增加被删除的可能。

"这个世界到底是怎么了？为什么会变成这个样子？我们不就是在宿舍里打了几天游戏吗？为什么会变成这个样子？"张思良本就是个心理承受能力很弱的人，此刻面对这些事情，他几近崩溃。

"游戏！"宋维悦茅塞顿开，"你刚才说的游戏，再加上周言灵说的那些话，这是不是等于……我们被人当成了游戏里的角色，所以可以强行删除？"

"在周言灵的梦境里，有两个人对话，从对话里可以判断出这两个人是在进行一场游戏，在游戏里他们创建了一座城，这座城就代表C市。由于这两个人不想继续游戏，他们打算删除这座城。可是城里的人实在是太多，删除起来比较麻烦，于是他们设定了时间，那就是与5有关，5，15，25……"

张思良无比震惊地看着宋维悦，假如这些猜想是正确的，那不就代表着……

"我们现在生存的世界是一个游戏，我们每一个人都只是玩家手中的角色，因为玩家不想继续游戏，我们就被随机删除？"

10月28日，宋维悦把周言灵和林剑叫到了学校门口的咖啡厅，当他把自己的这个发现说出来时，所有人都惊呆了。

"我们并不是活生生的人？"林剑的反应最大。

"我活了二十多年，现在竟然告诉我，我并不是活生生的人，只是别人创建的一个游戏角色。"

周言灵倒是无所谓，只说："你活了二十多年，那你现在能够回想起来，自己以前的人生是怎样的吗？"这句话引起在场所有人的深思。

张思良惊愕道："我现在对于一年前的记忆是完全空白的，你不说我都没有发现。"

宋维悦认同地点点头："那天晚上我也发现了，我躺在床上回想自己的家人是谁，可是我想了很久都没有想起来。我脑子里能够记住的除了学校里认识的几个同学以外，其余的什么都记不住。"

林剑难以置信地说："难道我们真的只是一个游戏角色吗，因为玩家强加给我的设定，所以我才会爱上小音……除此之外，我什么都记不住。"

"是的。"周言灵说，"我能够记住的也就只有你们而已。"

得到这个答案后，林剑面如死灰，喃喃道："那我们根本逃不掉随机删除，我们每个人都会消失，直到最后这座城也不复存在？"

宋维悦低声道："理论上来说，是这样。"

虽然他自己也很不愿意承认自己只是个游戏角色，事到如今也没有别的办法，唯有等待着自己被随机删除的命运。

"这简直比等死还难受！最后一个被删除的人，他会看见这座空城随着自己一起消失。"林剑忽然站起身。

张思良拉住了他:"你干什么?"

"我想去外面,我不想做最后一个离开的人。"

"你疯了吗?"张思良说,"再过几天,第四次删除就要来了。"

林剑甩开张思良的手,他像是疯了一般大笑:"那又怎么样,反正它来不来,我们都会消失,只是早晚而已。我们又不是活人,没有人会在意我们的存在。"一时间,所有人都沉默了。

"真的是这样吗?"周言灵喃喃道,"因为不是活人,所以没有人在意我们。"

她抬起头看着在场的三个男生,"你们玩游戏的时候,会认输吗?"

"不会!"张思良脱口而出,"在我的眼里没有输字。"

周言灵微微一笑,看向宋维悦和林剑:"那你们呢,会玩游戏吗?"

张思良拍着宋维悦的肩膀说:"他当然会,当初举办大赛时,这家伙可是第一名,全能型选手。"

"OK。"周言灵看向林剑,"你想不想在被删除之前,疯狂一次?"

"既然末日即将来临,现在想做什么就做什么,一切都行。"林剑点了点头。

周言灵很满意地看着这一切,"试试看,我们四个会不会等到看见这座城被删除的那一天。"

"现在,我们去外面玩吧,只要赶在下一次删除来临之前,逃回学校就可以。"

宋维悦说:"我不想出去,我身上没钱。"

周言灵无语地瞥了他一眼:"都世界末日了,外面不需要花钱。"

宋维悦等人跟着周言灵来到白曦街道以外的地方,这才明白了她所说的世界末日不用花钱是什么意思。

看着这座繁华的城市,应有尽有,唯独不见人影。

"他们都被删除了?"

张思良和林剑无比震惊。

"昨天晚上我梦见那两个人又在谈话,他们说想要加快删除的进程,所以把C市的白曦区和丰元区的人都删除了,只剩下一座空城。"周言灵说,"现在不管我们在这里做什么,都不需要花钱,可以尽情玩乐。"

张思良呢喃道:"可是为什么我却高兴不起来。"

"因为知道自己快要死了吧。"林剑有些丧气地说,"被人删除,好像比死更难受,人死了还有人记得,而我们被删除了就什么也没有了。"

"不过那又有什么关系呢,反正现在我们根本不用花钱,在临死前好好享受一次!"

林剑打起精神走进白曦区最豪华的一家酒店:"我饿了,我要去找点吃的,就算是死,我也要做个饱死鬼。"

张思良紧跟其后:"你等着,我也要去。"

四个人来到豪泰酒店,林剑和张思良跑进厨房里果真找到一堆吃的。

"还好那两个人有点儿良心,没有把食物给删除了,这一堆吃的够我们在这里享用到下一次删除来临。"

张思良饿得前胸贴后背,看见这一桌大餐,早已顾不得什么斯文。

"老宋,赶紧来吃啊,这豪泰酒店你不是一直想来吃吗?现在可以如愿以偿了。"

宋维悦跟在周言灵身后,眼见着周言灵入座后,他才选择坐在周言灵的旁边。

这一路上,他都在盯着周言灵,周言灵明明发现他在看自己,却一直当作没有发现。

"我能问你一件事吗?"

周言灵微微侧首,看向宋维悦,她的声音很温柔:"什么事?"

宋维悦说:"你的梦境为什么能够预言?"

周言灵面不改色地说:"大概,他们在创造我的时候给了我这样的天赋,让我能够偷听他们说话。"

"哦?"宋维悦笑了笑说,"那你有没有听见,他们为什么想要删除这座城市？"

周言灵摇了摇头："我没有听见。"

宋维悦哑然。

周言灵反问："宋同学，你还有什么事情要问吗？"

"没有。"宋维悦说。

"我以为你盯了我一路，一定有很多问题想问，原来你只好奇这件事。"周言灵似有些遗憾地叹了口气，端起桌上的红酒轻轻抿了一口。

宋维悦只觉这个女生话里有话，他忍不住再问："你认为我还想问什么问题？"

周言灵放下高脚杯："你都不知道想问什么，我又怎么会知道呢？"

"那就不问了。"宋维悦拿起筷子准备吃饭，其实这一路走来，他也饿了。

四个人坐在大圆桌边，各怀心事地吃着大餐。

不一会儿，外面突然闯进来几个人，他们穿着酒店制服。

"你们这群小偷，竟然趁着我们不在，偷吃东西！"

为首的大胖子大声喊道："快抓住这四个人。"

林剑和张思良有些震惊地看向周言灵："这是怎么回事？你不是说这座城里的人已经被删除了吗？"

周言灵也觉得奇怪："我明明听见，白曦区已经被删……"

"现在逃命要紧！"宋维悦抓住周言灵的手就往外跑。

然而，他们四个人根本斗不过酒店里的八个人，很快他们就被抓住了。

"你们几个学生胆子不小啊！"大胖子骂骂咧咧道，"我应该把你们抓住送去学校，让你们学校的领导看看自己教育出来一群什么样的人。"

四人垂头看了看自己的衣服，出门太急，他们竟然忘记换掉校服。

"现在被送去学校，肯定会被一顿臭骂。"林剑低声道，"我真希望现在就消失，不想去学校丢这个脸。"

周言灵却开口喊道："你有本事就把我们送去学校啊，我根本不怕你们，反正到时候我们整座城都会被删除。"

胖子大怒:"你这个小丫头越学越坏,看我不打死你!"

胖子正欲动手,宋维悦将周言灵护在身后,就在那一瞬间,胖子消失了!

紧接着,他们周围围聚的七个酒店服务员也消失了!

"这究竟是怎么回事?"众人极为吃惊。

林剑惊叫道:"删除的日子应该是在下个月5号,这怎么提前了?"

"难不成,那两个人又动手了?"

宋维悦立即反应过来:"快,我们赶紧返回学校,如果现在他们开始删除白曦区,我们也会被删除的。学校是安全地带,我们赶紧回去。"

四个人拼命地朝着酒店大门跑去。

在宋维悦的脚踏出门槛的那一瞬间,整个豪泰酒店消失不见了。

转过身,眼前的街道已变为黑色。

"怎么办?我们被困在这里了!"

林剑欲哭无泪,一开始他想死,事到如今大难临头,他却想活。

因为,只有到了临死之际,人才知生命可贵。

即便,他不是人……

他也想活着。

六

C市的建筑接二连三地消失,宋维悦他们面对的这次随机删除是规模最大的一次删除。

张思良问:"我们是不是回不去了?"

"不会的,我们现在还在白曦区,没有被那两个玩家删除,这就意味着我们还有救。"宋维悦为众人打气道,"你们看,这街道上还有两辆摩托车,我们赶紧骑车回学校。"

林剑哭着说:"可是现在街道已经被删除了,四周黑乎乎的,我们该往哪里开?"

"我来!"张思良说,"手机里的导航还能用,我来开这辆,宋维悦你带着周言灵坐那辆。"

"好。"

四人坐上摩托车，张思良和宋维悦一鼓作气朝着前方唯一没有被删除的街道冲过去。十五分钟后，他们终于看见了学校大门，下车后张思良和宋维悦无比激动。

"我们终于到了！"

周言灵却说："可惜，你们没有机会进去了。"

宋维悦侧过头看着周言灵："你说什么？"

一把刀插入了宋维悦的腹部，他不可置信地看着周言灵。

同一时间，林剑也将刀插入了张思良的腹部。

"你们，为什么要……"

周言灵微笑："宋维悦，我看见了那两个人的脸。"

"什么？"

周言灵不急不缓地说："之前在酒店，你不是问我为什么有预言的能力吗？因为这项能力是你当初赋予我的，我能听见你和张思良的对话。"

"那天你们说这游戏项目无法进行，打算把里面的内容全部清空，企图删掉我们每一个人。为了寻求刺激，你和张思良进入了这款游戏。"

宋维悦和张思良无比震惊地看着周言灵："难怪从一开始，你出现在我们面前，就没有问过我们名字，却对我们了若指掌。"

"我在梦里不仅能够听见你们的对话，我还能够看见你们的脸。"周言灵说，"因为记住了你们的脸，我才会在那么多人里，一下认出你们。"

张思良指着林剑问："那他呢，林剑又是为什么？"

林剑冷笑道："因为我想赢，不想让别人操控我的人生，我想在临死前疯狂一次，所以我就答应了周言灵的赌注。"

宋维悦问："你们两个人在同一时间遇见我们，都是你们算计好的？"

"没错。"林剑说，"小音根本不是我的女朋友，我故意带那个女生去白曦街道，因为周言灵告诉我白曦街道是不安全的地带。我是故意让小音在你们面前消失，以此来接近你们。"

事情真相大白，宋维悦和张思良倒在地上。

周言灵俯视着宋维悦："我说过游戏不能认输，所以我赢了，我的主人。"

"我的天，这个女人太恐怖了！"

张思良被吓得退出游戏，同一时间宋维悦也退出了游戏。

"老宋，我早就跟你说了，咱们创建这个游戏世界绝对不能弄这个角色，她实在太吓人了，如果这是真实世界，咱们就被这个女人给算计了。"

张思良心有余悸地看着电脑上的游戏画面，一年前他和宋维悦创建了这个游戏——《梦魇之都》，后来因为玩家太少，老板要求他们删除这款游戏。看着自己曾经花费那么多时间才搭建出来的梦魇之都，两个人决定在删除游戏之前，进入这个游戏里疯狂一次。

谁知道，这个游戏里的角色周言灵，竟然能够通过梦境偷窥他们的一切。

"我现在总算是明白，老板为什么要我们赶快删除这个游戏，如果以后玩家无法控制游戏角色，却被游戏角色反控制，那才是真正的噩梦啊。"

宋维悦看着游戏世界里的周言灵，竟然笑了。

"张思良，你有没有觉得她之所以那么聪明，都是因为我们创造得好。我们应该感到高兴才对。"

张思良正在喝水，差点儿一口水喷出来，他觉得宋维悦是真的疯了，这个女人差点儿把他们两个人害死，宋维悦居然夸赞她聪明。

宋维悦起身伸了一个懒腰，拍了拍张思良的肩膀："走吧，玩了两天游戏，我们也该出去放松放松筋骨了，还是真正的生活更有意思啊！"

张思良感叹道："游戏打不赢可以退出，但人生却是一场不可退出的真实游戏，每个人都需要拼尽全力。"

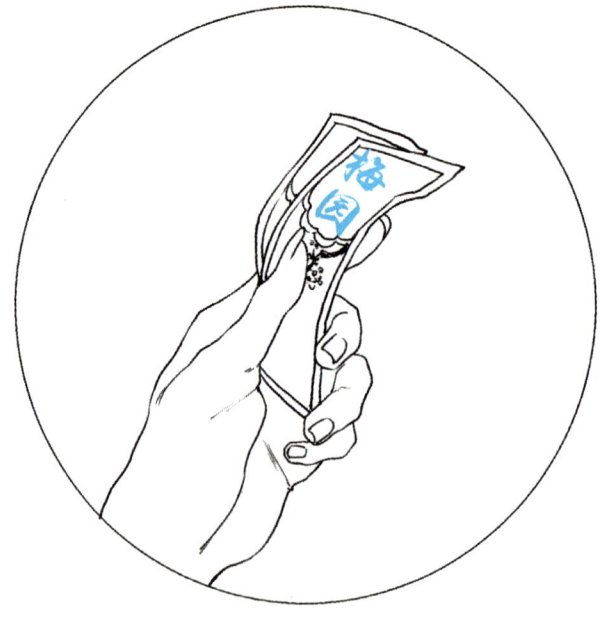

CHAPTER

07

完美伴侣

没有"完美的幸福",只有"我的幸福"!

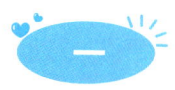

我与江艾在万生巷口开了一家店铺,名字叫"完美伴侣"。来到这里的人大多都是情场失意的人,他们因为自身条件的原因找不到一个优秀的伴侣,我们便负责为他们制造一个伴侣。

所谓的制造,就是提取他们大脑里对另一半的所有美好幻想,打造一个从容貌到性格都十分完美的伴侣,等到两天后,我们再将制造好的伴侣送货上门。

时值深秋,太阳依旧有些毒辣,晒得让人眩晕。临近傍晚,一场雨铺天盖地地落下来,雨水浸染的石板路,散发出一丝独特的气味,每逢大雨我就能够闻到这气味,仿佛这样更能让人安然入睡。

很快,我便趴在桌子上睡着了。轰隆一声雷响,狂风吹开窗户,冷风鱼贯而入,我打了个冷战,从梦中醒来。我睁开眼睛,正好看见江艾推门而入。他的身后站着一位两鬓斑白的老人,穿着打扮极为朴素,戴着一顶藏蓝色的帽子,佝偻着背,有些拘谨地站着。

江艾挠挠头,对我笑了笑:"闻离,这是今天的第一位客人。"

说话间,他往右侧闪开一步,对着后面的老人做了一个请的姿势。

那位老人面露尴尬之色,朝着我点头一笑。

"你好,我是来这里寻找另一半的。"

店内接待的客人大部分都是年轻人,这位年过半百的老人,在我看来着实有些特别。见我没有立即回复,老人似乎也觉得有些难为情,一双眼睛也不敢看我,只盯着自己的脚尖,像是个犯了错的孩子。

我的目光越过他,横了一眼江艾,然后亲切和蔼地对老人说:"你好,先生,我们这里有明确的规定,不接待二十岁以下的孩子和五十岁以上的老人……"

倒不是我嫌弃这一单生意的雇主是位老人,而是因为酬金太重,我担心他实在承担不起。

老人抬起头,眼睛注视着我,语气缓慢地说:"我知道,来的路上,这位小伙子已经跟我说了。"

江艾尴尬地笑了笑:"我拦不住老先生,他执意要进来。你要怪就怪我吧。"

我知道江艾打的什么算盘,可是眼前这位先生作为我们的雇主,我实在于心不忍,正想着该如何开口婉拒老人,他却先一步开口。

"我知道,我这一把年纪了,来你们这里求个伴侣确实有些不太好。"老人叹了一口气,"可是,活了五十八年,我连自己想要的都没敢去追求,想到最后还是觉得挺心酸的。"

故事既然已经讲出口了,我也没有办法让他停止了。从老人的现状来看,他确实需要一位聆听者,而作为陌生人的我最为合适。

我让江艾给他倒了一杯茶,我们面对面地坐在沙发上,江艾则坐在后面倾听我与老人的谈话内容。

我将茶递给老人,老人伸出手的那一瞬间我看见他手背上有被火烧过留下的疤痕,他立刻用袖子遮住,对着我尴尬地笑了笑。

我没有多问,每个人都有自己的秘密,有些事情不说穿是对别人的尊重吧。

他轻轻地抿了一口茶,眉目渐展,有了些许笑意。

"茶香鲜纯,滋味醇爽。"他望着我问,"这是贡眉?"

我微微颔首:"是贡眉茶。"

他笑,一双眼睛宛如月牙,只是这一双月牙被岁月浸染,少了当初的年少意气,多了思念与惆怅。

"她送给我的第一样礼物是贡眉。"老人回忆道,"贡眉又叫寿眉。年轻的时候我并不大爱喝这些东西,每次喝的时候总是如牛饮水,她总说我不懂享受。"

我认真地倾听,老人又喝了一口茶,眉目里是掩藏不住的笑意。

"她是富贵人家的千金小姐,一举一动都优雅十足,我只是个穷小子,没有什么品位。能够遇上她,只能算是有缘。"老人的笑意渐渐隐去,取而代之的是惋惜,"只可惜老天给了我缘,我却没有那个福分和她在一起。"

我问:"先生来这里的原因,是想与记忆里的那位再次重逢吗?"

他有些尴尬地点点头:"我想再看看她,拉着她的手,在这世上再走一走。"

我点了点头:"好。我们会帮您实现愿望,请您放心睡一觉吧。"

话音未落,他已合上眼皮,江艾走过来将他平放在沙发上。

而我则将一枚戒指戴在他手上,这枚戒指可以提取他的梦境,在梦境里他会看见自己日夜思念的对象,然后我们便可以复制出他梦境里的初恋情人。

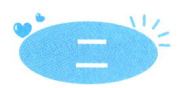

老人醒来时,外面的天已经完全黑透,大雨已经停了。

他挪开身上的薄被,冲我笑了笑:"我已经好久没有做过这么美的梦了,你的茶当真是个好东西。"

我笑:"茶如人生,饮后便知。先生,您的要求我们已经知道了,两天后您的伴侣会送货上门。"

他站起身,十分感激地对我说了一句:"谢谢。"

随后他问我:"什么时候交付酬金?"

"不急,需要时,我们会自己取。"

他点了点头,江艾为他打开门,我恭敬地对着他鞠躬:"先生慢走。"

两天后,完美伴侣制造完成。江艾带着制造出来的伴侣"秦琬"按照老先生指定的地址去了一间茶楼。那间茶楼有些老了,江艾费了好大劲儿才找到。

走近茶楼,抬首一看匾额上写着"旧事"。

江艾笑了:"这么一个古色古香的名字,当真符合那老先生。"

末了,他先走进去跟老先生打了一个招呼:"苏老先生,我们已经到了。"

苏老先生似乎有些紧张,一双手不知如何安放:"我……我该做点什么?琬琬还是和以前一样吗,她还能不能认出我?"

江艾微笑,极其温柔地安抚老先生紧张的情绪。"先生不必紧张,秦小姐还是和从前一样,能够在人群里一眼认出你。"

恋爱中的人大多都有一项特异功能,不管人群多么密集,他们总能在第一眼便看见自己的心上人,仿佛那个人的身上有着世上最为独特的光芒,仅供她一人看见。

不出一会儿，江艾从茶楼里走了出来，脸上挂着笑："闻离，我还是第一次看见你打扮成这副模样。"

我低头看了看自己的打扮，只听见江艾笑道："原来苏老先生的梦中情人竟是这副模样，我还以为多美呢，这么久都忘不掉。"

我拿出一面小镜子，看着镜子里的自己，乌发扎成两条麻花辫，一双眼睛是单眼皮，五官算不上出挑，整张脸平平无奇。倒是那一身素色旗袍是整个人身上的唯一亮点。

这样的女子，算不上好看，连清秀都只能沾一个边儿。

也难怪见惯了美女的江艾，会对"秦琬"这张脸做出如此评论。

江艾突然笑了："真好奇老先生看见你会是怎样的反应。"

"看惯了年轻男女的山盟海誓，偶尔看看老人的爱情也是不错的。"江艾感叹道。

我横了他一眼，手轻轻搭在他的肩膀上："嘟嘟，你最近很不听话。"

片刻后，眼前的江艾消失了，地上多了一只白猫，它愤怒地看着我，像是在责怪我的不公平。

我笑："这是对你的惩罚。我曾经跟你说过，这里不允许出现年过半百的客人，而你着实不听话。"

它"喵喵"地叫了两声，像是在为自己辩解。

"别叫了，我懒得听。你如果还想继续做猫，那你就叫吧。"

说完，白猫不叫了，在我脚边蹭来蹭去地撒娇。

我弯腰对它说："回家去，我不在的时候好好看家。"

说完，白猫就朝着家的方向跑去，经过拐角时依依不舍地回头看了我一眼。

我走进茶楼，一眼便看见了苏老先生，他侧对着我，紧张地将双手扣在

一起。

"亦争。"

我叫出了他的名字,苏老先生的身子明显一怔,他不敢相信也不敢回头,双手紧紧地握住茶杯。

我走过去,坐在他面前。

他微微张开嘴,似极为吃惊。他不敢信,那么多年过去了,秦琬居然还如此年轻。他看着我,惊讶的表情变为了笑,最终眼角湿润了,两行清泪落下。

我接过那么多任务,他们大多都是在笑的,这是唯一一次,我看见雇主哭了。

他用手背胡乱地擦着脸上的泪水,我从随身带着的小包里拿出一方绣帕,递给他。

"苏亦争,你这人怎么这么大了还哭呢?"

他接过绣帕,看见那上面熟悉的图案,立刻笑了。

"是你,真的是你。琬琬,真的是你啊……"

他一连说了好几个"是你",我立刻说道:"你今日怎么变得那么傻了?这当然是我啊,难道天下还有第二个秦家大小姐?"

他拿着绣帕,紧紧地握在手里,对着我说:"没有,没有。你是唯一的秦家大小姐。"

我见他一直握着绣帕,没有擦眼泪,便夺过绣帕为他擦泪。

苏亦争却像是被烫了一样,往后退缩。

我挑眉道:"你怎么了?本小姐亲自给你擦眼泪,你还不领情吗?"

苏亦争有些难为情地说:"不是……"

他往四周看了看,像是做贼般,小心翼翼地对我说:"我现在已经很老了,而琬琬小姐还是如此年轻,若是被旁人看见了是会说闲话的,我不能让旁人误会你……"

我笑着说:"苏亦争,你今天是吃错了什么药,你几时变得很老了?你不还是二十多岁吗?"

苏亦争却说:"琬琬小姐,我今年已经五十八岁了。你之所以会出现在这里,是因为我去了一家店铺,找了老板将你变出来……因为……"

我说:"因为什么?"

他憋得有些脸红："因为，苏亦争想见你了。"

我见他如此羞涩，忍不住笑了："你终于肯说实话了吗？你就是喜欢我，你这个笨蛋就是喜欢我秦琬。"

苏亦争低着头不看我："琬琬，你不要说那么大声好吗？旁边有好多人看着。若是他们知道，我一个老头子对着十八岁的小姑娘说喜欢，他们会……会嘲笑你和我的。"

我努力憋笑，从包里拿出镜子给他。

"你且好好看看镜子，省得你白日做梦，以为自己活在五十八岁。"

苏亦争接过镜子的那一刻，手微微抖了一下。

他看见镜子里的自己，皮肤干净没有皱纹，一双眉眼还停留在青春年少时，就连那手背上的老年斑都已消失不见。

"这……这怎么可能？"

他依旧不敢相信自己已经恢复青春，十分吃惊地看着我。

"琬琬，我是不是在做梦？"

我笑："那你好好地扇自己一巴掌。"

他举起手就要往自己脸上扇，我见了立刻伸手阻拦。

"苏亦争，你闹够没有？你赶紧给我清醒过来，本小姐今天找你出来还有正事。"

他愣："什么事？"

"你答应我的，今天我生日，你得陪我去看梅园里新出的那出戏。"

苏亦争又道："梅园的戏都需要提前订票，我……"

我立刻将票摆在桌子上："喏，两天前我就订好票了。"

直到此刻，苏亦争才真的相信，秦琬活过来了，他也终于回到了自己拥有秦琬的那一年。

因为，三十年前他同秦琬在一起的那一天，秦琬曾邀请他去梅园看戏，他清楚地记得，那场戏结束后，骄傲的秦家大小姐对他说："苏亦争，我喜欢上你了。"

可是他只是一个贫穷的车夫，他没有足够的能力和她在一起。若是被旁人知道，秦家的大小姐居然和一个车夫在一起，最终被耻笑的不是他，而是秦琬。

他可以容忍别人嘲笑他，可是他不能容忍别人嘲笑秦琬。

在他最困难的时候，是秦琬在帮助他，一点儿都不在意他的身份低微。可，苏亦争却十分在意，他担心自己没有一个好身份，配不上秦琬，只会让她跟着自己受苦。

因此，在秦琬对他表白时，他笑了，笑得有些牵强："秦琬，你不要拿一个穷人开玩笑。"

从那天起，他就再也没有去秦家拉黄包车。

那么后来呢？后来，他和秦琬又怎么样了呢？他记不得了，只记得有一天秦琬来找他，说是自己的生日，希望他能和自己去看梅园的最后一出戏。

那个时候，秦琬最喜欢的就是去梅园看戏。三天两头就往梅园跑，可是他不喜欢，因为自幼便生长在梅园里，看惯了那些故事，便厌恶了。直到后来，他才知道，秦琬三天两头地往梅园跑，其实并不是为了看戏，而是为了看他。

梅园就快散了，她将再也不能借着这些理由，跑来梅园看他。

她说："苏亦争，梅园里有很多戏，可我记得最清楚的那一出戏是《镜缘》。"

"那天是我十五岁的生日，我坐在戏台下为镜子里的小仙子哭泣。因为仙子喜欢上了镜子外面的书生，可是书生每天照镜子看见的都是自己的脸，他从未喜欢过别人，只在乎自己。自私的书生，也从来不在乎别人的感情，我替小仙子不值。"

苏亦争沉默了。因为那一出戏里，是他扮演的仙子，他自幼男生女相，十分貌美，别人都说他是个祸水，克死了自己的亲爹亲娘，害得苏家家破人亡。

那天，《镜缘》演出结束，宾客都散了，他从后院出来，看见秦琬还坐在那里抹泪。

他们的缘分或许是从这一刻便开始了。他走过去安慰秦琬："没关系的，戏里的仙子死了，戏外的我还活着啊，姑娘你不必如此难过，这不过是一出戏而已。"

秦琬的泪水从这一刻崩溃了，她不管不顾地抱着他开始哭。

"我的兔子死了……"

苏亦争哑然失笑，原来这个小姑娘哭的不是《镜缘》里的他死了，而是她养的小兔子死了。

他无可奈何，任由她抱着，她的眼泪全掉落在自己干净的衣服上。

此刻的苏亦争看着我拿出的梅园戏票，那擦干的眼角，似又湿润了。

他望着我说："琬琬，即便是我们今日看完了这一出戏，我们也不要在一起好不好？"

我问："为什么啊？"

他说："因为……因为在很久以后，我会遇见另一个人，我会娶她，她会成为我的妻子。我和她会有一个幸福美满的家庭，若是此刻我和你在一起，那么对于她来说，太残忍了。即便这只是一场幻象。"

我学着秦琬的语气问："那你对我就不残忍吗，你分明是喜欢我的！"

苏亦争沉默了。

其实，从他来到我们店铺的那一刻，我就知道，他已经有妻子有儿女。因为他想遮住的不是手背上被火烧过的疤痕，而是右手上戴着的婚戒。

他想要寻找的秦琬是很早以前的初恋，而他现在已经拥有了一位结发妻子。

这于谁而言，都不公平。好在现在的秦琬并不是真正的秦琬，是我假扮的。我不需要公平，只需要帮苏老先生完成这个愿望。

身为完美伴侣的"秦琬"，会答应苏老先生所有的要求。

"好。"我说，"那我们一起去梅园看完这一场戏吧。"

五

梅园和苏亦争记忆中的梅园没有任何差别，依旧是那副模样，白墙青瓦，似乎每一片瓦都在诉说着梅园的万种风情。

我下意识地看了一眼苏亦争，不知道此刻他的内心又是怎样的感慨。时过境迁，恢复青春，来到这旧事里再走一遭，他会是怎样的选择？

苏亦争也看了看我，几次欲言又止。

最终还是忍不住说："琬琬，你能不能别回家？"

我问："为什么？"

他有些难以启齿，挠了挠头："为了你好，十月五日，你别回家，在外面找个旅馆住着好吗？"

"苏亦争，你今日怎么莫名其妙的？"我按照他的记忆，模仿着秦琬发怒，"一会儿说自己变老了，一会儿又让我不要和你在一起，现在又让我不要回家。你当我秦琬是什么样的人！"

说完，我拿着戏票走进了梅园。

苏亦争立刻跑上前来，他这次没有开口说话。只是静静地跟在我身后，戏已经开始了。

我选了一个位置坐下，苏亦争坐在我的右手边。

今日的这一出戏和几十年前的那出戏是一样的，是梅园里的人精心排练的《凤归》。戏台之上唱得婉转动人，戏台之下叫好声沸然。

身侧的苏亦争始终惴惴不安，他将声音压得极低，生怕我听见。

他说："琬琬，十月五日别回家，你会死啊。"

他说："琬琬，我喜欢你，喜欢了几十年都不敢说……"

他说："琬琬，那一年我没有救出你，是我的错啊……"

我仔细地听着，直到他握住了我的右手。冰凉的东西套在了我的无名指上，我低头一看，是一枚精致的戒指。

我惊讶地看着他，"苏亦争，你这是什么意思？"

他抬起头，红着眼眶看着我。"秦琬，这是三十年前我为你选的戒指……"

"那个时候你告诉我，你喜欢我，我很开心。可是嘴上却说着气你的话，我为了跟你道歉，跑去店铺里花光了我几个月的薪资，为你买了这枚戒指。我想了许久，想跟你求婚，哪怕你父亲不同意，我也要跟你求婚。"

倘若故事真的如此顺利，或许苏亦争也不必跟秦琬道歉了。

那一天，他刚买完戒指，转过身就看见了秦琬的父亲秦一江。那个男人趾高气扬地说："苏亦争，你除了是一个戏子，你还是一个车夫。你觉得这两个身份，有哪一个配得上我家琬琬？"

一句话，让他低微到尘埃里。

秦一江怒道："你胆敢靠近琬琬一步，我就毁了你的梅园，让你做不成戏子，也做不成车夫！"本来以为这是一句气话，谁知道七天之后，传来消息，梅园被人收购要改成饭店，里面的戏子一个不留。

当梅园里的人知道那万恶的收购者是秦一江后，他们开始收集秦一江通敌卖国的证据。十月五日，正是秦家被抓的时间。在混乱之中，有人往秦家大院丢了一把火。

秦琬就是被那场大火烧死的！

所以，苏亦争才会在刚才跟我道歉，是因为三十年前他没能救出秦琬。

我看着手中的戒指，这枚被他保存了三十年的戒指，依旧如新。

这个老人啊，在心中谴责了自己那么多年。

六

他一遍又一遍地跟我说着对不起，我将手上的戒指取下，放在他的掌心里。

"苏亦争，你对不起我什么呢？"

他哑口无言，怔怔地看着自己掌心里的戒指。

戏台上的戏已经到了尾声，我看着他沉默的样子，有些于心不忍。

我平静地说："就像你刚才说的那样，在很久之后你会遇见你的爱人，你会和她结婚生子，你们家庭幸福美满。"

"只要你活得好，那就没有对不起我。"

他抬起头看着我的脸。

我说："拿着这枚戒指，继续保存吧，给你最爱的她。从今天起，我们再也不认识。"

说完，我起身离开，头也不回地走出了梅园。

苏亦争没有再追上来，而是站在原地，他似未曾想到即便历史再一次在他眼前上演，他仍然没有勇气拉住秦琬的手，三十年前不敢拉住秦琬，是因为他爱她，不想让她跟着自己受苦。三十年后，他仍然不敢在幻境里拉住秦琬的手，仍然是因为爱她。

离开苏亦争后，按照历史进程，十月五日到底还是来了，我坐在秦琬的房中，听见外面传来砸门的声音，一群人跑进来又砸又喊，场面混乱至极。

正在这时，烈火在窗口处烧起来，我想逃跑，却发现门已被人堵死。

火势越来越大，我被困在房间里，这是属于秦琬无法改变的历史。

"嘭"的一声，有人砸开了我的房门，我抬头看见伤痕累累的苏亦争，朝着我冲过来，他拉着我的手，将我拥入怀里："秦琬，让我再救你一次吧，三十年前我没法救你，三十年后的今日，我一定能够救你出去。"

他将我护住，朝着外面跑去，正在这时，房梁塌了，木头砸在了他的头上。

我发疯似的大喊："苏亦争！"

紧接着四周的一切化为黑暗，我知道苏亦争关于秦琬所有的记忆都停止在这一刻，属于他的美梦即将苏醒。

"闻离，你终于醒了。"

睁开眼睛，江艾站在我床边，我起身看见这间熟悉的病房，在我右手边的床位躺着的正是苏老先生。他的床边坐着一位老妇人，痛哭流涕地摇晃着苏亦争的身体。

"万晴夫人。"我轻轻唤了一声她的名字。

老妇人转过头，擦着眼泪看着我："你在他的梦里看见了什么？"

其实早在苏亦争来找我之前，他的夫人万晴就已找到了我，希望我帮她一个忙。我跟随着她来到医院，看见了躺在病床上的苏亦争。万晴夫人告诉我，苏老先生心里一直住着一个女人，希望我能够借用我的能力，进入苏亦争的梦，替他开解。

此刻，面对万晴夫人，我不知如何开口，这个故事实在太过漫长，三言两语难以说清，我只好说："他很爱你。"

万晴夫人苦涩一笑："你是说，他爱我，还是更爱秦琬？"

我直勾勾地盯着万晴夫人的脸，她的容貌与秦琬相差太多，秦琬生得明艳秀丽，她实在过于普通。

万晴夫人颇为不悦地说："你为什么不回答我，连你也看见了吧，秦琬长得比我好看。"

我忽然笑了："万晴，秦琬，你们其实是同一个人吧？"

万晴夫人愕然，瞪大双眼："你怎会知道我就是秦琬，我们明明长得不一样。"

我微微颔首："你们确实长得不一样，可是我在那场大火里看见了。秦琬其实被苏亦争救了，她并没有死在大火里。苏亦争的头部因为遭受重击失忆，忘记了秦琬，他被万晴救了，之后便与万晴结婚。"

"万晴夫人，我可有说对？"

万晴夫人哑然点头，过了半晌才说："那场大火烧毁了我的半张脸，我不敢告诉苏亦争我的真实身份，幸好他失忆了，记不得他与秦琬的事。我就编造了万晴这个身份欺骗他，因为我救了他一命，他对我心生好感，之后我们便成亲了。"

"可是我害怕我失去了原来的容貌他不再爱我，我每天都戴着面纱。为了恢复容貌，我找了一个神秘人，她帮我制造了一张新脸。"

"我本以为自己重获新生就可以和苏亦争在一起，谁知十年后他恢复了记忆，总觉得自己亏欠秦琬。"

江艾听到这里，才终于弄清楚整件事情的来龙去脉，惊叫道："苏亦争以为自己爱上了两个人，其实这两个是同一个人？"

我微微颔首。

秦琬看着病床上躺着的苏亦争，忽然痛哭道："你为什么不信我啊，我就是秦琬啊。死老头子，你为什么不信我啊……"

站在一旁的儿女十分震惊，原来自己的母亲就是父亲的初恋情人。他们一度认为父亲花心，明明娶了母亲万晴，却总是惦记着初恋情人秦琬。直到如今才知道，几十年的兜兜转转，秦琬、万晴就是一人。只是，他苏亦争再也记不得了。

直到死，他都不记得，自己在那场大火里将戒指戴在了秦琬的手上。

他说："秦琬，如果我们能够活着出去，你嫁给我好不好？"

她嫁给了他，他却以为自己心存二心，以为自己是个罪人。

事情结束后，我与江艾回到了店铺，江艾已经变成了白猫模样，懒懒地窝在椅子里。

我将准备好的食物拿出来，放在白猫眼前，看着它享用。

白猫吃完食物，变回了江艾的模样。

他笑眯眯地看着空了的盘子，"苏亦争的爱情很好吃啊！"

我转过身回到了自己的房间，从抽屉里拿出一只贴着封条的红漆木盒，封条上写着两个字——秦琬。

这是一个秘密，很多年前帮助秦琬改变容貌的那名女子，就是我。那日我在药铺里抓药，听见一女子悲惨的叫声，回过头才看见女子的脸被大火烧毁了一半，十分狰狞可怖。

她不断地询问大夫，有没有办法治疗这半张脸，大夫摇头叹息。

我见她哭得伤心，便帮了她这个忙。很多时候，我都在想，如果我没有帮助秦琬改变容貌，那她和苏亦争是不是就不会有这么多年的误会？

可是，失去了当初容貌的秦琬，还能够得到苏亦争的爱情吗？

至少在他们结婚的几十年里，他从未亏欠过她啊！

爱与容貌，到底哪一样更为重要？

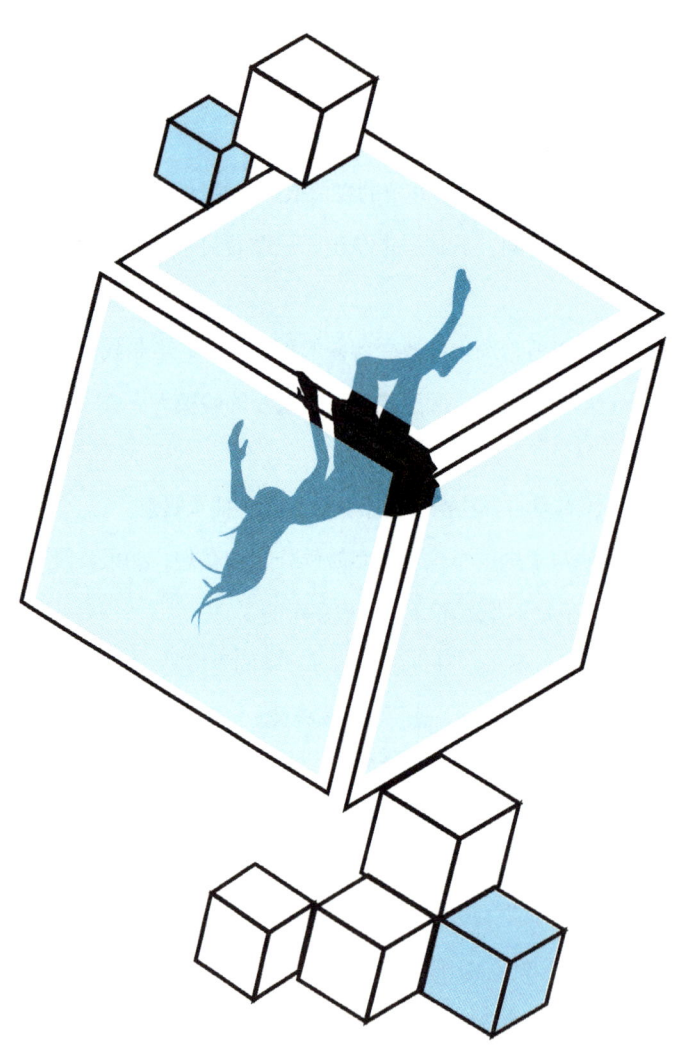

CHAPTER

08

共享
生命

"以后你帮我看日出吧,
一年三百六十五天,
每一天你都要记清楚。"
"为什么一定是日出?"
"因为,日出代表希望啊!"

膝盖处有一处擦伤，血染脏了白裙子，像是开了一朵罂粟花。这是第三次了，林引珠在自己身上看见莫名其妙的伤口，之所以会说莫名其妙，那是因为连她自己都不知道这些伤口到底从何而来。

林引珠看着桌上摆放的台历，日期5月11日有一个红圈，那天是星期五，再往后25日也有红圈。这些红圈出现的日期，都是自己身上有伤的日期。她仔细回想，25日那天，自己身上没有伤口，但是同寝室的室友方英英却告诉她一个惊人的消息。

"小珠，真没想到啊，你设计的那件衣服全年级第一，老师都夸你是个天才呢。那件衣服还放在展厅里，好多人来看。"

林引珠被方英英带到了学校的服装展览厅，那是他们服装设计系的专用厅，只要一有优秀的作品，老师就会把它们搬进这里作为展览，让更多学生观看学习。

林引珠看见橱窗里的那件小礼服只觉得不可思议，那是一件非常迷你的礼服，或许只有六岁大的小孩才能穿上。礼服是黑色的，裙摆用精致的碎片绣出许多花草，风格看起来有些阴森，像是万圣节的恶作剧。

礼服旁边立着一块牌子，上面写着：If I Die Young。

方英英看着橱窗里的礼服，满意一笑："小珠，以前还真是小看你了，你这个作品《若我早逝》真是令人震惊，这个创意太棒了！你是怎么想到的啊，真不愧是设计师林晔的女儿，带有与生俱来的天赋吧！"

林引珠发怔地站在原地，脑子里只有一个念头。

——这件礼服并非出自她的手，她的身体被另一个人占用了！而她并不知道，占用她身体的人到底是谁！

这个想法让林引珠十分恐慌，她抓住方英英的手说："英英，我感觉我被选中了，我的生命被共享了，这该怎么办啊？"

方英英惊愕道："你已经二十岁了吗？"

林引珠点点头："4月20日是我二十岁的生日，从那天之后，我就感觉自己一直不对劲。总是会忘记一些事情。"

她指着橱窗里的那件衣服说："就连这件衣服,也不是我做的。是那个人,是那个人占用了我的身体!"

与此同时,方英英也感到恐惧。

在2035年,人类的生存环境被严重污染,人类寿命大大缩短,到了五十岁就会死亡。有一些人,身体异于常人,寿命会比五十岁更长,这一类人被称之为"共享体",只要机器计算出他们的寿命高于七十岁,他们的名字就会出现在"共享名单"上,提供给那些生命力不足的人。

"共享体"一般在二十岁才能被提到"共享名单"上,如同成熟的果子会被人取下,摆放在商品柜里,任人挑选。

当然,成为共享体也是有条件的。比如,一个二十岁的人每天不学无术,好吃懒做,不为这世界做出贡献,那相关人员就会加快"果子"成长的速度,提早把他们放在"共享名单"。

所谓世界和社会,就是物竞天择,强者生存。

林引珠以为自己假报年龄,就能够躲过"共享名单",谁知道这一天终究还是来了。

二

林引珠为自己清理好伤口后,心神不宁地坐在宿舍里。

风从窗户外吹进来,一张字条从桌上飘落在地上,林引珠垂头一看,那张字条上写着:"对不起,让你受伤了。"

这是雇主给她留下的信息!

林引珠瞪大眼睛,一般来说雇主是不能与共享体私聊的,这种规矩是为了阻拦"共享体"根据信息找到雇主。曾经出现过共享体不想分享生命,借助信息找到雇主然后谋害雇主的新闻,因此大家甚是小心。

现在,这个雇主居然主动给自己道歉?

林引珠有些好奇,这个人到底是谁?

她仔细地看着那张字条,仅仅凭借字迹无法分辨出对方的性别,林引珠有些头痛。

凭借最近方英英提供给自己的信息,林引珠判断出,雇主是一个擅长设计的人,从橱窗里的那件作品就能够看出,对方富有丰富的想象力和创造力。

方英英还曾说过:"你的雇主很善于伪装,他跟我接触的那几天,我完全没有看出来你身体已被另一个人占据。"

由此,林引珠判断,这是个很聪明的人。

嘭的一声,门被人推开了,方英英端着盆子从外面走进来,她擦着湿淋淋的头发,看见林引珠穿着一身白裙坐在没有开灯的寝室里,被吓了一跳。

"引珠,现在几点了?"方英英试探着问。

林引珠毫不犹豫地回答:"凌晨一点。"

方英英松了口气:"看来,你还是你。"

这是林引珠为了正常与方英英取得联络的暗号,雇主并不知情,这个暗号有助于方英英将雇主与林引珠区分开。

"你的膝盖受伤了?"方英英一眼就看见林引珠的伤口。

林引珠点头:"是那个人让我受伤了。"

方英英忽然回想起来:"哦,对!今天下午有体育课,你跑步时不小心摔伤的,是我们班的男同学送你回来的。"

说到这里,方英英忍不住感慨道:"你那个雇主真的好胜心太强了,不管做什么事情都想要第一。在操场上,大家看见你发疯一样跑步,都以为你着魔了。只有我知道,是他在拼第一。"

林引珠没有说话,沉默地坐在椅子上,她体育一向不好,每次跑步都是倒数第一。她忽然想起,前几天听见体育要测试时,她无聊地在日记里写:要是我也能跑一次第一,该有多好。

方英英说:"你知道吗?你这次体育测试是第一名。"

林引珠瞪大双眼,心跳突然慢了半拍,那个人果然偷看了自己的日记!

"他竟然在帮我实现我的心愿。"

方英英听见林引珠的喃喃低语，也怔住了："你的意思是他那么疯狂地跑第一名，就是为了帮你，因为你想成为第一？"

林引珠微微颔首："虽然有点儿不敢信，但是这是真的。"

方英英惊叫道："天哪！这到底是什么绝世好雇主，要是我能够遇见这种人，我将死而无憾。万一对方是个帅哥，我简直开心死啦。"

林引珠无语地瞥了方英英一眼："你见过帅哥需要共享生命的吗？肯定是个生病的老年人，才会需要我们这种年轻有活力的身体啊，想借着我们的身体，完成一些他们不可能完成的事情。"

"哦，也是。"方英英无力地垂头，"那也一定是个很有爱心的老人吧？"

接下来的几天，林引珠的身体没有发生异样，好像雇主没有再出现。

老师的设计任务又安排了下来，林引珠的学校要与隔壁学校进行一场比赛，得第一的这种重任就交到了她的手上。

林引珠很为难，其实她对设计真的毫无天赋，之所以会选择服装设计都是因为她父亲。父亲林晔是C城赫赫有名的设计师，他最大的心愿就是林引珠能够继承自己的"林间工作室"，成为知名设计师。

可是林引珠天资愚钝，根本不是设计师的料子，这让林父十分生气。林父转而将自己的父爱，给了继母的儿子许度，这也让林引珠很愤怒。

为了和父亲对着干，她在去年特地跑去参加歌唱选秀，因为她喜欢唱歌，希望自己未来能够当个歌手。被父亲知道后，抓回家关了两天。

之后，她被父亲送入这所学院，便断绝了与家人的往来。

"怎么办啊？我现在根本就没有办法得第一名，上次成为全年级第一，还是因为那个人帮我设计的。"林引珠苦恼地面对着设计图纸，她觉得自己是个废材，如果不是父亲拼命把自己塞进这个学院，她根本跨不进这个学院的门槛。

方英英想了一个主意，悄悄地对她说："引珠，你要不要让他再帮你一次忙？上次他帮你做礼服，又帮你跑步，这次再帮一次忙，应该也没问题吧？"

林引珠有些犹豫，如果自己一直依赖那个人，有一天他离开了，自己又该怎么办呢？

可是现在，她已接到老师给自己的任务，完不成那可真的打脸，不仅打自己的脸，也打父亲的脸。

"不管了，我试试吧。"

林引珠计算着，周五马上就到了，雇主出现的日子就是周五，他会在自己的身体里待一周的时间，一周拿来做设计，时间刚刚够。

"你好，虽然不知道您到底是谁，对于之前的帮助，我很感激。我有一个不情之请，下周我有一场比赛，此次比赛关系到我们学校的颜面，我自知能力有限无法完成，还请老先生帮我一次忙，若是以后老先生有求，引珠必定全力以赴。"

她把写好的信纸捏在手里，晚上十二点一过，老先生就会在自己的身体里苏醒，他就能够看见自己的信。

闭上眼睛的那一刻，林引珠很害怕，如果那个人不答应自己，那又该怎么办呢？

一想到这里，林引珠就有些想哭。

她太害怕了，害怕丢了学校的颜面，也害怕丢了父亲的颜面。

"都怪我，太不争气了。"

方英英在对面床铺小声安慰道："其实每个人擅长的东西不一样嘛，我觉得小珠很棒啊，会唱歌、会弹琴，这些我都不会。"

林引珠笑了笑："谢谢你，英英。"

"没事。你放心睡吧，即使那个人看不见你的信，我也会把这件事情告诉他，一定会求他帮你的。"方英英说，"你要相信我的三寸不烂之舌，一定会帮你说服他。"

林引珠终于放松了心情，她想，自己来到这所学校最开心的一件事情就是遇见方英英这样的好朋友。

墙上的挂钟，慢慢地走向十二点……

林引珠睡着了。

早上七点半，林引珠睁开眼睛，看见方英英正看着自己。

"引珠，现在几点了？"

林引珠很认真地回答："我不知道。"

方英英开心地拍着她的肩膀："我终于等到你了，她给你留了一封信，你自己看吧。"

林引珠看见床上的那封信，打开一看，露齿一笑："谁告诉她，我是老先生了。"

方英英诧异地看着她："那你是老奶奶？"

林引珠挑眉一笑："我就不能是个年轻俊俏的小伙子？"

一周时间过去了，林引珠睁开眼睛，看见方英英嘴角含笑地盯着自己："引珠，我感觉我好像恋爱了。"

林引珠警惕地盯着她："你跟谁恋爱啊？"

方英英指着林引珠说："你啊。"

"你疯了？"林引珠害怕地往后缩。

方英英解释："我不是说你，是说你身体里的那个人。"

林引珠狐疑地看向方英英，这个女人在自己离开的那段时间，到底做了些什么？

"你从实招来！他对你说了些什么？"

方英英掰着手指头数着说："他说了两句话，谁告诉她，我是老先生了。这是第一句。第二句，我就不能是个年轻俊俏的小伙子？"

林引珠不忍直视："就因为他是个年轻俊俏的小伙子，你就喜欢了？"

方英英辩解："才没有。你知道吗，他认真的样子真的好帅，帮你做礼服的时候，帮你赢得第一名的时候，简直帅得没边了。"

方英英捧着林引珠的脸说："小珠，我第一次觉得你这么好看。"

林引珠无语地翻了个白眼:"女人,你真的疯了。"

"那就疯得彻底一点儿。"方英英兴奋地说,"我们去找他吧?"

林引珠被这个想法吓了一跳,她阻止道:"共享体不能私自联系雇主,这是违规的。"

方英英却说:"我去联系他,这就不违规啊。他是你的雇主,又不是我的雇主。"

林引珠不该如何劝阻方英英,说实话,她比方英英更想见到那个人,她想好好地对他说一句"谢谢"。

林引珠喟然而叹:"他帮了我那么多忙,我不想去打扰他。共享的时间就快关闭了,下周五是最后一次,之后我们将再也没有联系。"

"不!只要你想,他肯定会留下联系方式,我们就能够找到他。"方英英说。

林引珠站直身体看着方英英,"找到他又能怎么样?我们是不一样的,他们是雇主,我们是共享体,我们的寿命会比他们长,不然他们也不会选择我们。"

方英英无力垂首,林引珠说得对,因为他们是不一样的个体,即使见面了也没有什么好事发生。

她低声说:"可是我总觉得,生命里有些人需要见面,见一见挺好的,如果能成为朋友,也不遗憾。"

林引珠不再说话,她坐在桌边,看到自己的日记本里好像夹着一张字条。

——我想听你唱歌,作为我帮忙的谢礼,至于是什么歌,你应该知道我喜欢什么。

他喜欢的是什么歌?林引珠忽然想到一开始,他设计的那条礼服的名字,她立即打开手机搜索。

《If I Die Young》是一首歌,她快速地浏览着歌词:

If I die young bury me in satin(若我英年早逝,请将我葬在绸缎中)

Lay me down on a bed of roses(让我躺在铺满玫瑰的床上)

Sink me in the river at dawn(在黎明时分将我沉入河中)

Send me away with the words of a love song(用情歌中的词句为我送行)

……

林引珠被这首歌吓了一跳,这首歌一直都围绕着死亡,整个主题都是趁着年轻完成自己想做的事情，让自己的一生没有遗憾。雇主是想借这首歌告诉自己，他的生命即将走到尽头？所以，他拼命地在帮林引珠完成梦想。

林引珠眼眶微红，方英英被吓了一跳："小珠，你怎么哭了？"

"我想找到他，把这首歌唱给他听。"

"好，我会帮你。"

下周五，是最后的共享时间，这次共享结束后，他就不会再来了。

又是深夜，林引珠如同往常一样躺在床上，等待着生命共享启动。

她有些不放心地对方英英说："英英，你一定要帮我问出来，他究竟在哪里。"

"你放心吧，我办事情你放心。"方英英说，"倒是你，那首歌会唱了吗？"

林引珠点头："烂熟于心。"

她在这一个星期的时间里，每天都在练习那首歌，每次练歌她都幻想有一个年轻的少年，躺在病房里，日复一日地等待着共享生命。因为，只有共享生命启动，他才能在别人的身上实现自己的梦想。

可是这个人是个另类，他一次都没有用林引珠的身体实现自己的梦想，反而在帮林引珠。林引珠心怀愧疚，她真的很想当面对那个人说一句谢谢。

十二点到了，共享生命启动，林引珠睡着了。

大约凌晨五点钟，林引珠睁开了双眼，环视着这个漆黑的寝室，方英英还在熟睡之中。

林引珠下床，穿好鞋子，安静地站在窗边，她在等，等一个日出。

清晨的校园很安静，女生宿舍前的操场上一个人也没有，天色灰暗，像是要下雨。林引珠有些遗憾地叹气："今天没办法看见日出了，你说这里每天都能看见最美的日出，可我一次都没看见过。"

"你来了？"方英英含糊的声音从身后传来，林引珠转过头，抿唇一笑，"英英，过几天我要走了，有点儿遗憾我没有办法和真正的林引珠告别。"

方英英一下子全醒了，她急忙说："我们可以去找你啊，只要你告诉我地址，我可以带她去见你。"

林引珠摇了摇头："不用来找我，我已经没有什么遗憾了。"

"有啊！"方英英激动地说，"你帮了小珠那么多次，她也想为你做点什么，为了给你唱歌，她练习了一个星期，嗓子都哑了，你不想听吗？"

林引珠面色微变，疲惫地笑了笑："我想，可是她一定不想见我。"

"为什么啊？"方英英不太懂。

林引珠笑："因为，她讨厌我。她已经好长时间没来看过我了。"

方英英不明所以地问："你难道认识她？"

林引珠点头，眼睛直视着方英英："你知道林引珠母亲早逝吗？"

方英英说："嗯，她提过。我记得她母亲在她九岁那年死了，后来父亲重新娶了一个。"

林引珠平静地说："我是她继母的儿子。"

方英英瞪大眼睛，不可思议地说："你是许度？"

许度微微颔首："她一直很讨厌我，因为我比她更优秀。她父亲很宠爱我，为此，她和父亲经常吵架，自从她进了这所学校以后，就再也没有回过家。"

"可是，你现在为什么会变成这样？"方英英诧异地问。

许度说："这就是我妈妈嫁给她父亲的原因，林爸爸很有钱，我的病最需要的就是钱。本以为可以治好，可是三个月前，医生已经下了病危通知单。"

"我提出，把最后的钱用于共享生命。"

说到这里，许度忽然笑了："可能真的是冤家路窄，我无意中匹配到的共享体竟然是林引珠。想来我之前在她家，欠了她那么多，也是我该还给她的。"

方英英问："所以你不遗余力地帮助她？"

许度点头："她想要什么，我都拼尽全力给她，我想让她开心一点儿。"

那是许度最后留给方英英的话。

"她讨厌我，并不想看见我，所以你别带着她来见我了。你也别告诉她，我到底是谁。"

六

共享生命关闭，林引珠从梦里醒来的第一件事就是抓住方英英问清楚。

"那个人有没有告诉你，他在哪里？"

方英英低声嗫嚅："引珠，我……"

正在这时，林引珠的手机响了，来电显示：爸爸。

"你先接电话吧。"方英英提醒。

林引珠接通电话。

林父的声音从那边传来："引珠，你许阿姨的儿子病重……"

林引珠惊愕失色："许度，他怎么了？"

方英英面色大变，忙说："你问问地址，现在过去。"

林引珠依言照做，狐疑地看向方英英。

方英英听到地址后，说："那个人好像和许度在同一个地方。"

林引珠信以为真，匆忙朝医院赶过去。到了病房门口，林引珠听见许阿姨在说："小度，你能不能别每天听那首歌，那首歌不吉利。"

病床上，许度苍白着一张脸，露齿一笑："我喜欢啊……"

说着，他就唱起来。是那首熟悉的歌！林引珠瞪大双眼，她想这世上应该没有那么多的巧合。

许阿姨又说："小度，共享生命已经关闭了，你跟人家女孩子说谢谢了吗？"

许度懒洋洋地说："说了。对方也对我表示感谢，毕竟我帮了她那么多。"

"你啊，嘴贫。"许阿姨说着擦了擦眼泪，"要是你能够陪我一辈子，那该多好。"

许度笑眯眯地说："没事儿，妈妈，我走了还有引珠。她人好，指定能够陪你一辈子，你之前不是一直嫌儿子闹腾，想要女儿吗？"

林引珠感觉自己的心正在被一点点撕开，就像有人往里面倒了盐，疼得她眼泪直流。

"怎么会是他？"她不敢相信眼前的这一幕。许度竟然是自己的雇主，他明明知道一切，却什么都没有说。这是为什么？

"小珠，你来啦？我以为你不会来……"

父亲的声音打断了林引珠的思绪。

林引珠转过身，红着眼看着林晔。

林晔有些慌张："女儿，你怎么哭了？"

声音传进病房里，许阿姨打开病房门，看见父女二人站在门外："小珠，你来了怎么不进来呢？"

林引珠擦干眼泪，转过身给了许阿姨一个微笑。

"妈妈……"

八年了，这是林引珠第一次叫她妈妈。

许阿姨眼泪没忍住，"嗳，你来了就好。"

林引珠跟着许阿姨走进病房里，看见病床上躺着的许度，那是林引珠第一次看见这么虚弱的许度，曾经神采飞扬的少年，不见了往日风采，苍白的脸上仍然挂着一抹笑。

"引珠，我以为你不会来。"

林引珠整理好情绪，问："许度，你想听歌吗？"

许度微笑："好啊，唱得不好要扣分啊。"

林父和许阿姨离开了病房。那首歌唱完后，病房里只剩下许度和林引珠。

引珠低声地问："许度，你有什么心愿吗？"

许度望着窗外的夕阳。

"有，以后你帮我看日出吧，一年三百六十五天，每一天你都要记清楚。"

"为什么一定是日出？"

"因为，日出代表希望啊。"

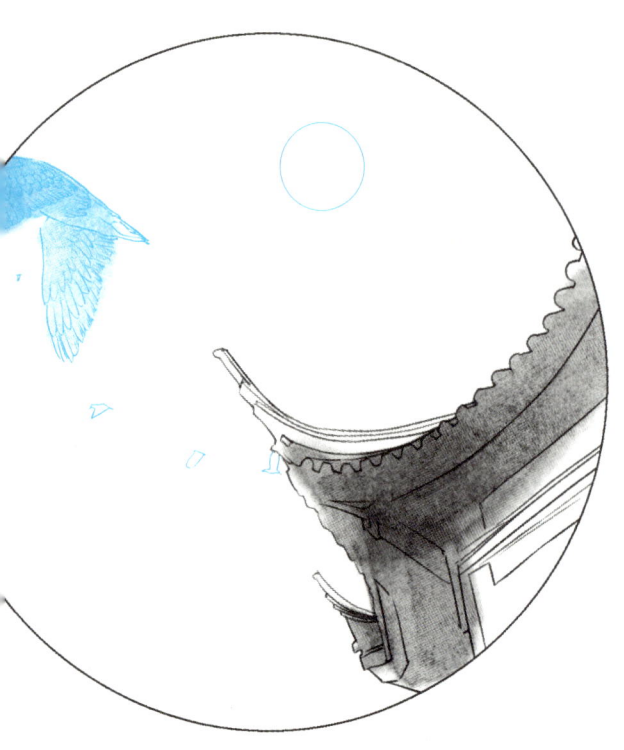

CHAPTER

09

琅画百妖
传·飞天
夜叉

凡是过往，皆为序曲。

引

这一年七月,天下大旱,赤地千里,寸草不生,地里粮食颗粒无收。

眸台山下的百姓不知从何处听说,琅画小筑里住着一位能呼风唤雨的神仙,名为傅君。他们将自己家中所有能够称为祭品的牲畜全都带上,直奔傅君的住处求雨。

傅君本就是喜好清净之人,眼见这人是越来越多,他只好在入山的路口施了障眼术,自己则跑去外面避难。临行前,他嘱咐我:如今你二姐不在,你可要好好看住家门别让外人闯入。话一说完,他便将怀中的毛球丢给了我。

此刻,我坐在半山腰,嘴里叼着根狗尾巴草,怀中抱着一个雪白毛球。

毛球在我怀里不安分地动来动去,我将它提起放在眼前,戳了戳它圆滚滚的脑袋:"我知道你饿,可是你饿又有什么办法,这天下大旱没了食物,他们可都陪着你一起饿呢。"

"阿回,阿回。"毛球不依,努力伸出短小的爪子来打我的手。我冷笑:"这山上所有能吃的东西都让你吃了,你还有什么不满的?"

毛球鼓着一双绿豆小眼,顿时没了声音。

正在这时,我听见山下传来乐器吹吹打打的声音。

我拿着鸡毛掸子站在半山腰,拨开眼前那片碍事的雾,看见山脚下有一行人穿着奇装异服,抬着一顶轿子正往眸台山的入口赶。普通凡人不会找到眸台山的正确入口,因为傅君在入口处施了法。可这群怪人竟然轻而易举地找到了入口……

我只觉大事不妙,刚想喝住毛球别再乱跑。一转身,却看见有一人身着灰衣道袍翩然而降,他伸出手将脏兮兮的毛球抱入怀中。

我惊叫道:"傅君……"

毛球被傅君抓住后顿时老实了,它挤出几滴眼泪博取傅君同情。我站在一侧挥拳直想打它,傅君见它可怜便问我:"你又不给它饭吃了?"

"天地良心,我眼睁睁地看着它把山上能吃的都吃了,它甚至还想吃你的灵宠。"

傅君额角青筋一抽，双眸一眯，看着怀中毛球。毛球立刻挺尸装死。

"罚你半年不许吃东西。"

毛球呜咽一声，两行泪落下，这下它是真的生不如死了。

我在一侧大笑，这天下能够制住毛球的除了三哥的鸡毛掸子，便是傅君一句话。

片刻之后，我忽然想起山脚处的那一行怪人，便问傅君那是什么人。

"夜叉求妻。"

"雁姑娘还是老实待着的好，这山风诡异怕是会吓住你。"

红色的喜轿在山中穿行，一路顺畅。不知到了何处，四周竟寒风凛冽。我正欲掀开轿帘，却被轿外的人冷声大喝。

我在轿内老老实实地放下手，轿外骑着白马的人，丑得骇人。若不是傅君将我无情地卖给他们族人，我想我这辈子都不会走出眸台山，更不会在这里受窝囊气。

一天前，我在琅画小筑里与傅君争辩："夜叉求妻，你为何要将我交出去？"

傅君面对我的目光躲躲闪闪，耐不住我的逼问才敷衍道："你不是说你整日待在山中，极为羡慕你二姐三哥能够出去游玩吗？如今我遂了你的心愿，你理应高兴。"

我手拿鸡毛掸子往那桌子上狠狠一打，毛球被吓得浑身的毛都立了起来。

"说实话！"

傅君这才呵呵一笑："前些日子我与夜叉少主对弈，我输了……"

"所以你就把我扔出去了？"我拿着鸡毛掸子再次一敲桌子，"你不是号称棋圣吗，如何会输？"

傅君干咳一声："嘿嘿，轻敌了轻敌了……"

我正欲发怒，傅君便对我说："我见过夜叉少主，他长得颇为英俊。你不是一向喜欢美男吗,去玩玩有何不可?大不了你玩腻了,我接你回来。"

凡人都说,嫁出去的女儿泼出去的水。我要是今日踏出了晔台山,那我还能回来吗?傅君这披着羊皮的狼,分明是要将我往火坑里推。我咬牙切齿地问:"他可比你还美?"

傅君咬牙,点头。我站直身子,大义凛然地说:"备轿。"

琅画小筑的门打开了。我看见那群奇装异服的怪人抬着喜轿站在院中,我仔细一看,那轿门前站着一个自称夜叉族管家的人,我这才发觉自己上当了。夜叉一族本就天生丑陋,傅君竟然诓骗我说夜叉少主长相俊美,可见他居心叵测!

我立即反悔抱住傅君,大声哀号着绝不上轿,那心肠歹毒的傅君竟将我打晕塞入轿中。随后丑得天怒人怨的管家陵段对傅君鞠了一躬,道了一声谢,便命夜叉小鬼抬起轿子走人。当我醒来时,早已身处晔台山之外一千多里地。

陵段站在轿外对我说:"雁姑娘,此处叫天天不应叫地地不灵,你若真想逃跑那就只有喂鬼。"

我几欲气结,若不是临行前傅君收了我的法术。此刻我定要将你这丑奴,打得爹娘不识!

他见我在轿中极为乖巧懂事,便又道:"这山中精怪颇多,你最好别打开轿帘。若是被他们瞧见了,到时候我可保不了你。"

我咬牙切齿地应声:"是。"

这一路上我虽对外面的世界大为好奇。可我终究还是怕死,没敢掀开轿帘。

此刻,轿子突然停住,像是被什么东西拦住了去路。难不成真如陵段所言,山中有精怪来抢我?

"停轿!"

我听见这是陵段的声音,急忙问道:"陵段大人,这是出了什么事吗?"

陵段没有回我,片刻之后我听见刀剑之声,以及有人惨叫的声音。

等到周围都归于安静时,陵段才开口:"还真让傅君说对了,你果真抢手。"

我一愣,他是在夸我是个香饽饽?可是为何这语气如此怪异?

正在这时,妖风大起,被施了法术的轿帘竟被风吹起。我看见轿帘外,陵段阴恻恻地一笑，那笑竟让我心生畏意。

"起风了，看好她。"

"是！"

尽管傅君将我的法术封禁了，此刻我依然能够感受到这股不同寻常的妖风。因为，我看见陵段的面前有一大批青面獠牙的妖军。

见那妖军面孔如此骇人，我立即放下轿帘，在轿中大喊："陵段大人我保证不看不插手。"

陵段冷哼一声，约莫是在想傅君手下的人竟如此贪生怕死。我懒得理会，反正你武功高强，一路上杀了那么多妖军，我又何必去送死呢？

半炷香后，山风归于肃静，轿外刀枪剑林没了，就连那妖军的厮杀声都消失得一干二净。

我掀开轿帘，欲夸赞陵段。抬首，只见陵段拿着剑朝我刺来，我闭目欲躲。

再睁开眼时，一把长刀破空而出，那面目可憎的陵段竟凭空裂开成两半。

陵段竟被杀了！我慌了，还没看清那人容貌便被他一掌打晕。

二

我醒来时，依旧在喜轿中，当那只手掀开轿帘，我从袖子里拿出傅君给我的匕首朝前猛刺。

"如果不怕死，你就大胆非礼我吧！"我闭上眼睛视死如归地号出这句话的时候，轿外传来了笑声，这笑声绝非是一个人发出的，而是一群人。

"雁姑娘我可不敢碰你，你可是少主的妻子。"

我睁开眼睛，面前站着一个骨瘦如柴、面容丑陋的男人，他的身后站着十几个长相怪异的人。

我大惊："陵段，你不是死了吗？"

陵段笑了："雁姑娘，方才在你面前死去的那个是假陵段，此刻站在你面前的才是真陵段。"

我蒙了。他见我尚未理清头绪，便又解释一番："夜叉少主娶妻是一件极为重要的事，这消息会被旁人知晓是自然的。他们向来嫉妒我族能够称霸一方，便想尽一切办法夺走嫁来夜叉族的女子。"

他顿了顿继续说："因雁姑娘出自傅君门下，故而这一路上抢你的人颇多。于是我们夜叉族便想出这么个伎俩，与其让我们担心你会被抢走，不如让别人来担心。"

"那日假陵段去傅君府上求妻的事在我们计划之内，一路上我们一直跟踪着你，只消到了夜叉族附近，我们便会出手夺人。"陵段说完了还不忘给我道歉，"雁姑娘若是被吓住了，我等愿意负荆请罪。"

我见道歉很真诚，也没必要再计较。于是摆了摆手："罢了，我一向宽容大度。"

他颔首："是。"

我下了喜轿，才看清夜叉族居住的地方竟是在一个荒郊野岭的山洞里，这山洞极为宽敞，四周奇花异草颇多，长明灯随处可见。

道路两旁站着夜叉族人，高的太高，矮的太矮，清一色的面容奇丑，我不忍直视。

侧身，只见陵段对我淡淡一笑："姑娘，走路的时候记得小心些。"

我尴尬地笑了笑，遂摆正了自己的姿态。余光却一直打量着身侧的陵段，我发现他长相虽与之前的假陵段一模一样，可是他那周身气度却与假陵段不同。仔细看来，他丑是丑了点，样貌在夜叉族中却是最为上等的那一个。

这样一想，我对夜叉夫君的容貌又多了几分期许。也许，夜叉族的少主是通过长相来选举的，傅君他应该没有骗我。

片刻之后，我跟着他们一行人竟走出了山洞。山洞之外别有洞天，与之前的景色大不相同，眼前一座长桥直达对面宫殿，这宫殿看起来竟比琅画小筑更为气派宏伟。傅君果然没有骗我，他让我来此真是来享福的。

陵段见我止步不前，不由催说："雁姑娘，上桥吧。"

我赶快跟上他们的步伐，收敛了自己没见过世面的痴傻模样。

长桥走完，我抬首一看，大惊方才所见的宏伟宫殿竟然在眼前消失了。

陵段似看出了我心中所想，干咳一声解释道："方才所见不过是海市蜃楼，那宫殿是许久以前的。"

"那现在呢?"

"在那儿。"

顺着陵段所指的方向看去,我看见了几间简陋得不能再简陋的木屋。好似大风一刮,这几座小房子就能飞走。

我扶额轻叹:"讲真,我孩提时代做的小木屋都比这个漂亮。"

陵段笑意浅浅:"雁姑娘手巧。"

三

银浦殿内。

我坐在这阴风阵阵的大殿里已有半个时辰。半个时辰前,陵段将我带来此处叫我稍等片刻,他去请夜叉少主。

看见大殿门口一红衣侍女正端着一碟点心朝我走来,我赶紧将她叫住。

我故作好奇地问:"你家少主,模样可还英俊?据说,他比晔台山的傅君还美上几分。"

女夜叉直言:"我族人中最好看的是陵大人。"

心中一口血涌上,我捂住胸口,担心了这么久的事情果然是真的吗?遂闭上眼睛绝望地问:"那你家少主能否排上第二?"

那女夜叉极为艰难地摇了摇头。我咬紧牙关,再问:"那第三呢?"

这一次,女夜叉没有摇头而将脑袋往下一垂,避之不及地说:"奴婢告退。"

我转身欲拉住她,想让她带我逃出这夜叉族。谁知,那银浦殿门正走进来一人。

走进来的正是夜叉族第一"美男子"——陵段。

我因受了欺骗,心中火气正旺,语气便差了一些:"陵段大人,敢问你家少主人在何处?"

陵段朝我走了两步，一双眼睛盯得我心中发毛。我向后一退，握紧手中匕首，这个丑八怪要是敢动我一根手指头我立马削他。

陵段比我高出半个脑袋，他微微弯了弯腰，俯身道："雁姑娘，你面前这个人便是你要等的人。"

我蒙了，拿着匕首对着他吼道："我等的是夜叉少主。"

"我就是。"

三个字，如同雷劈将我整个人都劈晕了。

在接下来的半个时辰内，我才将整个事件的来龙去脉理了个清楚。总的来说，就是这样：夜叉族人大多都长相丑陋，而长相最丑的便是夜叉少主。以至于他这几年来一直闭门不出连个媳妇都讨不回来，陵段见了有些着急便出此下策。他让夜叉少主化作他的模样出现在我面前，先以美色诱惑我，再用甜言蜜语蛊惑我。

我听了只觉得好笑，望着那呆愣的夜叉少主笑道："陵段大人对自己的长相颇为自信。"那夜叉少主很诚恳地点头："那是自然。"

"自然个屁。"我斜眼一瞥夜叉少主，"你就不怕我去傅君那里告你诈骗？"

他语气悠悠道："雁姑娘，你也得走出夜叉族才能告状。"

这言下之意竟是在威胁我！

四

三天前，当我知道那护送我一路的陵段大人竟是假的，我的内心是崩溃的。当我又听说，这个丑得天怒人怨披着别人面皮的陵段大人，便是我的夫君夜叉少主时，我的内心崩得连渣滓都不剩了。

此时，夜叉少主商如皎正站在我房间门外，不死心地敲着门。

"雁姑娘，今晚三喜庄有一场篝火晚会。我听傅君说你最喜热闹，想邀你一起去观赏。"商如皎小心翼翼地问，"雁姑娘真的不去看看吗？"

"不去。"我躺在床上，生无可恋地看着天花板。

我本以为他会离开，谁知他竟站在门外笑了一下说："雁姑娘，我知道你心中是如何想的。若不是傅君与我对弈输了，我向他求你来此，我这个小小的夜叉少主是断然见不到你的。"

"我不敢高攀傅君，亦不敢高攀你。可是，我有我的族人，他们虽不及你们这般高大受人敬仰，可终究也是一条命。而我是他们唯一的保护伞，可我能力无法与那些人对抗，便想到傅君……"

"傅君他慷慨仁义，虽知我心中伎俩却未点破，仍将你送来此处。商如皎极为感激……"

他的声音渐渐小了，我听得有些不大明确。

隔着薄薄的木板，我听见他说："雁炽，你不喜我也罢，你厌我是小人也罢。总之这夜叉族你是走不出去的，你来了这里，我就得护你一辈子。"

我的心咯噔一跳，像是一潭死水被人用石子激起水花。尽管那石子很小水花不大，可我仍有感觉。

商如皎说得没错，他想娶我，从一开始便是想借着傅君的名义去打压夜叉族的死敌——蟒龙族。

百年前，夜叉族在这西南荒地称霸一方，周边小族都需进贡。那小小的蟒龙族根本不值得一提，自然是夜叉族手中的玩物。可不知怎的，忽有一年蟒龙族突然崛起，夜叉族领头人竟在同一时间重病不起。

一时之间，西南荒地风云突变，格局大改。周边许多小族唯蟒龙族马首是瞻，扬言要攻打夜叉族夺下第一。

而后，不知是谁力挽狂澜，竟将那群人打得落花流水狼狈而逃，再不敢来进犯。

可也就在这之后，夜叉族元气大伤，首领死了。经过一百年，他们才渐渐复原。在这一百年间，竟无一人敢进犯。我虽不知其中缘由，却从心底佩服这夜叉族的英勇善战。

商如皎的一席话竟让我觉得有些悲哀。夜叉族落魄至此，竟需联姻。

或许在他心中，娶我沾上傅君的名义打压蟒龙族，也并非他所愿吧。可是，为了族人他又必须如此。

五

那天夜里,我终究还是去了三喜庄。

夜叉族男善战,女善舞,鼓声响起,乐曲奏响,篝火之旁尽是欢声笑语。商如皎拉着我的手,似极为感激我肯来此与他共同庆祝。

也许,人在欢乐的时候才是最易攻破的。那夜蟒龙族竟带兵打进了夜叉族!

此时,夜叉族毫无准备,而蟒龙族却早已准备多时。

我不知道自己的到来究竟是对是错,总之那一战,夜叉族输了。

夜叉族被逼到绝境,可商如皎自始至终都没有放开我的手。

"雁姑娘,你愿意信我吗?"

我望着他。若不是我没了法术必定会挣脱他的手,逃回晔台山。可是现在,我手无缚鸡之力,必须依靠他。

"跟我走。"

商如皎带着我,以及夜叉族中仅剩的十九名善战夜叉,躲进了夜叉族的秘密地宫。蟒龙族只好在外等候,虽然他们无法进来,但我们在里面躲着也活不过五日。因为这密道里的食物只够我们活五日。

商如皎受了很严重的伤,看着他们为他清理伤口上药,我有些心急却毫无办法。

陵段不知何时走到我身边,端着饭菜对我说:"雁姑娘,吃点东西吧。"

我对他摇了摇头:"吃不下。"

陵段问:"是在担心少主吗?"

我沉默不语。陵段笑了,看着我认真地说:"雁姑娘,我很感谢在此时此刻你没有抛弃我们少主。"他往商如皎的方向看了一眼说:"少主沉睡了那么久,醒来之后能力不及从前了,可是我们对他的忠心从未变过。"

我愣了,有些不太明白。

"雁姑娘,这地宫不是给活着的人准备的。在这里待着,我们除了死亡还是死亡……"

陵段看着地宫唯一的入口，那入口之外站着的是蟒龙族的重兵。他说："雁姑娘，少主他护了我们这么久，如今该到我们报答他的时候了。"

我一惊，看着陵段："你想做什么？"

"我想，为他铺出一条路。"

"纵使我们只剩十九人，也足以为他铺出一条逃出生天的路。"

我明白，陵段是想与门外的蟒龙族决一死战，他会拼死将夜叉少主送出这里。而我，又该如何呢？

陵段看着我，他说："雁姑娘，我知道你在想什么。"

"哦？"我反笑道，"陵大人真不愧是夜叉族第一聪明人。"

他慢慢靠近我耳边道："你只要向我保证以命爱他，绝不反悔，我便可以让你和他一起逃出这里。"

我身子一怔，只听他压低声音，阴森道："你若是反悔，死无全尸。这样的毒誓，你可敢应？"

我呼吸一滞，仰起头看着陵段。"我雁炽愿以命爱商如皎，绝不反悔。若是反悔，死无全尸。此誓，天地做证。"

陵段轻笑："好。"

之后，如同陵段所言，他当真拼了性命带领着十九名夜叉兵为我和商如皎杀出了一条血路。

我曾在书中见过关于夜叉一族骁勇善战的描写。时至今日见了真实场景方才明白，那书中笔墨不过尔尔，夜叉一族的勇敢非常人所能想象。

我抓住商如皎的手，试图带着他从这些人的尸体上跨过。可他一剑挥过，我只能放开手。"雁炽，我不能做不义之人。"

我大声吼道："陵段他为了你，已经死了。你如果再死在他尸骨面前，那就是大义吗？"

商如皎扬唇一笑，如同地狱修罗。他说："雁炽，若是我不能护你，你要逃走，我不介意会杀了你。因为我族，绝对不能有逃兵。"

蟒龙族的首领带着一队人马朝着这边赶来，胜利就在他们眼前。我学着商如皎的样子，冷笑："谁杀谁可不一定。"

说话之间，一把锋利的匕首狠狠插入商如皎的腹部。他睁大眼睛不可置信地看着我，似乎临死也不能明白，我为何会对他出手。

我从他腹中抽回匕首，看着他慢慢倒地。转身，我将匕首擦干净收入袖中。迎接着蟒龙族的首领，他大为满意，仰天一笑："商如皎，你命数已尽。"

商如皎捂住腹部，眼睛里满是失望地看着我。

我站在蟒龙族首领身侧，悄然一笑："首领，我可等你多时了。"

早在我下山之时，傅君便嘱咐我：此番你嫁去夜叉，只消等待几日蟒龙自会与你里应外合，到时候你只需拿这把刀杀了商如皎便好。

傅君嘱咐的事情，我从来不问为什么，只因我这条命是他给的。即便是我对着陵段以命起誓，那又如何，这世间万事怎能用一句誓言便可说清？

怪只怪你夜叉一族，命数已尽。

六

我被蟒龙族带回银浦殿时，蟒龙已在夜叉称王。

而我却没有那么好命陪伴在他左右，因为我背叛了商如皎，就意味着我随时会背叛蟒龙。以蟒龙多疑的性格，他绝不会留我一命。

他看着我伤痕累累地趴在地上，轻蔑笑道："我原以为傅君手下的人会有什么不一样，如今想来也不过是为了活命，会出卖别人的可耻女人罢了！"

"雁炽，你可知道关于夜叉族海市蜃楼的传说吗？"

我抬起头看蟒龙，他似心情很好，喝了一口酒笑道："百年前，商如皎还没有沉睡时，他为他的爱妻修筑的观星殿，据说这座观星殿是他爱妻亲手绘图给他的。"

商如皎的妻子尤善建筑，那座观星殿无论从结构还是设计都是夜叉族中的第一等。也许，正是因为这样一座华美的宫殿引起了周围小族的嫉妒之心，他们试图攻打夜叉族。本来夜叉族骁勇善战，对这种小族的挑战根本不屑一顾。可是夜叉族却败了……"

因为，商如皎的妻子日复一日在他的饭菜中下毒，毒为慢性，年复一年足以致命。以致那场战争到来时，夜叉族败得一塌糊涂。他的妻子却逃回了蟒龙族，商如皎一气之下大病不起，毒发攻心竟睡死过去。夜叉族为了守住他的命，竟采用了禁术封住了他灵魂百年。

尽管，夜叉少主未死。可夜叉族却没有办法继续支撑下去……

正在这时，一只血色大雁从夜叉族上空飞过，盘旋半日之后，一声刺耳的哀鸣之后，大雁直直坠落……

大雁尸体还未落地，便消失得一干二净。

那一场恶战，竟扭转了局势。

本该胜利的蟒龙族败了，夜叉族却奇迹般地活了下来……

原来，那只大雁竟用自己一生修为改天换命，将本该死去的商如皎复活，又将本该胜利的蟒龙族击退……

我听了这个故事，只觉得身上的伤口异常疼痛。

蟒龙露齿笑道："雁姑娘，百年前那一招破釜沉舟你当真是用得妙啊，若不是今日所见，我也不敢相信你杀商如皎竟是为了救他。"

我惊慌地睁大眼睛，死命摇头："不……不是的，这怎么可能？"

蟒龙拍了拍手："把他给我带上来！"

我侧过头去，看着那被蟒龙兵押着的人，竟真是商如皎。他红着一双眼睛，瞪着我。也许，这一刻不管我说什么蟒龙都不会信我了。蟒龙拍手笑道："我不会给你机会复活了，今日便是你们的死期！"

我望着脸色煞白的商如皎，当真应了那日我对陵段发的毒誓吗？我若反悔，死无全尸……

万箭齐发的那一刻，我看见一道雪白光影朝我跑来。等到它撞在我身上的那一刻，我方才惊觉，低声吼出："毛球！"

一定是傅君为了救我，竟派出毛球来这夜叉族。

毛球听见我叫它之后，看了我一眼。然后转过身子，竟直直飞奔向商如皎。

它撞向商如皎身体的那一瞬间，雪光乍现，刺得众人睁不开眼。

雪光退去之后，商如皎脸上的人皮面具裂开，我这才看清他的脸。剑眉星目，鼻子秀挺，皮肤白皙堪比女子，与之前所见，判若两人！

七

我从未想过，自己养了数年的毛球，竟会是商如皎的三魂七魄之一。

也从未想过，傅君养我数年竟只是为了让我做一颗棋子。

那日下山时，傅君交给我一把匕首，嘱咐我一定要给商如皎致命一击。我原以为那上面沾染的是毒药，直到今日我才明白，那是傅君秘制的能够让商如皎起死回生的药。

傅君从一开始就没有想过要夜叉族亡，故而他只告诉了我一半事情。他说，百年前我是蟠龙族的神女雁回，死于夜叉刀下，而我注定是要回族报仇的。

所谓傅君，即为父君。我如此信他，他却视我命如同蝼蚁。

我忽然想到那日，傅君出远门，我私自跑下晔台山时遇见的那个怪人。

他说："人不可全信，有朝一日，你需为自己留一条退路。"

那时我并不大明白他话中深意，时至今日，万箭穿心，我方才知晓。

商如皎抱起我的尸体，一步一步走向那座长桥。那座高大宏伟的宫殿出现在夜空之下，那是夜叉族人口中的海市蜃楼。

宫殿上空已出现一轮明月，商如皎失魂落魄喃喃念道："雁字回时，月满西楼。阿回，月亮圆了，你怎么走了……"

原来，毛球整日里嚷着叫着的阿回，竟是我的小名。

届时，干旱数日的凡间，大雨急降。百姓站在雨中欢呼雀跃，朝着琅画小筑叩拜："我们有救了，有救了。感谢傅君，感谢傅君……"

琅画小筑藏书阁中，傅君正在翻阅一本奇书，书中记载：天下大旱，雁女作祟。雁死，则雨至。

CHAPTER

10

非正常
养老院

时间可以让你变成更好的样子，也可以让你成为自己最讨厌的人。
无论如何，我们都该寻找平凡生活里的勇气，学习如何爱自己、如何珍视我们的家人、朋友！

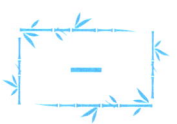

一

"我不要吃这个,这不好吃,你做的饭菜太难吃了,又咸又硬,根本不是人吃的东西!"

头发花白的老人不满地对张选诚抱怨,一边说着一边拿起电话,准备打给养老院的院长投诉张选诚。

张选诚立即哀求道:"对不起,我一定回去好好练习厨艺,您能不能不要投诉我,我的养老值已经不多了。"

老人斜睨张选诚一眼,啧啧一叹:"我觉得你是故意做得这么难吃,因为你不想养我。"

"怎么可能?您多想了。"张选诚说,"我只是不大会做饭而已。"

老人冷哼一声,不屑地说:"哼,我看你不仅不会做饭,你也不大会做人。你出去吧,下个周末再来看我,我想吃山药排骨汤。"

张选诚默默垂下脑袋,他没有办法跟这位蛮不讲理的老人争辩,最让他难以理解的是这位老人就是四十年后的自己。

半年前,张选诚收到养老院的通知,告知他已年满二十三周岁,必须履行义务来绿江养老院赡养四十年后的自己。

那一刻,张选诚有些崩溃。崩溃的原因有两个,第一个是四十年后的自己居然成为孤家寡人,无人赡养,需要年轻的自己乘坐时光机去往四十年后,赡养老年的自己。第二个原因,则是张选诚听身边的朋友说过,绿江养老院里居住的老人大多都是些脾气不好、难以伺候的人,若是赡养他们被他们打差评,那自己就会在现实世界变得一贫如洗。

在照顾老人半年的时间里,张选诚三千的满值已经被扣得只剩下五百,成为养老院的笑柄。

有时候,张选诚真的很想问问老人,自己真的做得有这么差吗?

他甚至想偷偷地告诉老人:我就是年轻时候的你,你作为四十年后的我,能不能配合一下？

可是养老院里有明确的规定，年轻人不许把自己的遭遇告诉老人，为了防止老人透露自己的消息，养老院已将他们脑子里的记忆屏蔽了。

也就是说，老人并不记得自己是张选诚。

下午四点钟，打扫完房间。张选诚灰溜溜地从204房间走出来，刚把门一关上，转身就碰见邻居203的李先生。

"小张，你来啦？"李先生率先开口打招呼。

张选诚无力地叹息道："嗯。"

李先生看见张选诚脸色不好，知道204的老人又在刁难张选诚，会心一笑，安慰道："小张，其实有些时候，人并不是最懂自己的，你可能能够理解二十三岁的自己，却无法理解六十三岁的自己。我倒觉得，张老先生是个很不错的人，你就没有想过，张老先生为什么总是对你发脾气吗？"

"我要是知道，我也不会变成今天这个样子。"张选诚愁眉不展地说，"我每天在那个世界里，忙着自己的事情，我很累。终于有了时间可以休息，却还要来面对这个老年的自己，我以为他能够理解我，可是他不能理解，我又无法对他说明情况。因为养老院不让我们把这个秘密告诉老人。"

李先生点点头，他伸出手轻轻地拍了拍张选诚的肩膀："放心，虽然现在不能理解，过段时间你们会和好的，因为你和他本来就是一个人。"

说到这里，张选诚忽然问："李先生，你来这家养老院有多久啦？"

他之所以会这么问，是因为他感觉李先生年纪已经不小了，看起来已经有三十多岁。能够在这个养老院里待那么久，还能保持这么温和的脾气，实属难得。

"八年了。"

李先生望着楼下花园，嘴角含笑："我记得，我来这里的时候，跟你一样大。也是二十三岁的年纪，那个时候我跟你一样，照顾年老的自己感觉很慌乱，手足无措。很难想象，四十年后我竟然得了老年痴呆，像个小孩一样，总是做些糊涂事。"

李先生回忆到往昔，仿佛曾经的一幕幕在眼前重播，他似乎想到了什么好玩儿的事情，转过头对张选诚说："有好长一段时间，他总是把大便兜在裤裆里，我每次都得帮他清理。那一瞬间，我想到小时候我爸妈也这么给我清理，他们也一定很累。渐渐地，我不想再抱怨。我认真地照顾他，可是三年前他还是因为重病去世了。"

"他走的那天，外面在打雷，雷雨交加，狂风吹折了窗外的树木，那个夜晚像是恐怖片。他开始颤抖，我以为他害怕打雷，抓住他的手说，'别怕，别怕。'"李先生说到这里停了一下，他问张选诚，"你知道，他对我说了一句什么吗？"

张选诚茫然地摇头。

"他说，清清，我在，别怕啊。说完，老人就用双手轻轻地捂住我的耳朵，为我掩住窗外的雷鸣声。"

紧接着，李先生又问："你知道清清是谁吗？"

"她是我女朋友，我十九岁上大学时交的女朋友，杨岁清。"

张选诚为之一怔："他的记忆没有被屏蔽？"

李先生摇了摇头："不是，养老院的人认真检查过，他没有任何问题，记忆屏蔽得很干净。他之所以临死前说出那句话，完全是下意识的。"

"我托人打听过，他会被人送进养老院是因为家中的子女不愿意赡养他，找借口说他是个疯子，就把他送来养老院。在这之前，他的妻子杨岁清一直都不同意，可是子女再三表明，家中的钱不多，只能赡养一位老人。如果他不去养老院，那就让杨岁清去。"

张选诚怒骂："这到底是什么子女，白眼狼！"

李先生继续说:"后来商讨再三,老头说了一句话,'清清不能去,我去。'他已经糊涂了好久,口齿不清,偏偏那句话说得很清楚。家中子女不顾杨岁清的反对,把他送来养老院,从此他们相隔一南一北,永不再见。"

张选诚有些唏嘘,觉得胸口有些沉闷,像是有块石头压得他喘不过气来。

"那他已经死了三年了,你没有义务再来养老院,为什么你现在还在这里?"张选诚忽然想到这个问题。

李先生微笑:"因为,她来了啊。"

说着,李先生转身推开了身后203的房门。

只见,一位年近七十岁的老妇人坐在轮椅上,她的怀里抱着一只很老的白猫。

白猫听见有人开门,"喵"地叫了一声。

老妇人睁开眼睛,看见李先生,微微一笑:"你回来啦。"

李先生回以一笑。

老妇人叹息:"总是麻烦你,我那看护人最近不知跑哪里去了,总是不见她身影。回头她来了,我要投诉她。"

李先生摇了摇头:"没事,我与她本就如同一人,您可千万别投诉她呀。若是她的养老值比我少了,她又该不开心了。"

老妇人抿唇轻笑:"你倒是体贴,那姑娘倒是好命,找到了你。"

李先生温柔地说:"您休息吧,我与朋友说句话。"

"好。"

说完,李先生轻轻地关上门。

张选诚压低声音问:"李先生,你女朋友去哪里了?她不是应该来照顾这个年老的杨岁清吗?"

"她,出车祸了。"

张选诚心底一怔,回想起刚才那位老妇人坐在轮椅上。

李先生说:"三年前出的车祸,没出车祸之前一直都是她在照顾老人。后来,她没办法来,就一直是我。"

听完,张选诚的眼眶有些湿润。

"我选择留下来,继续照顾年老的清清,因为我不想她在往后的日子里孤独。"

张选诚说:"可是她现在因为记忆被屏蔽,连带着你的脸也是模糊的,她不会记住你的。"

这是养老院一开始就为每个老人设置的芯片,藏在他们的脑子里,他们无法记住自己四十年前的事情,同时在他们眼里,张选诚和李先生的脸都是戴着面具的机器人。

李先生微笑着说:"没关系啊,只要她好就行了。"

时间已经是下午六点钟了,天色灰暗,风雨欲来,雷电交加,仿佛又回到了那个夜晚。

李先生走过去,轻轻地捂住老妇人的耳朵:"别怕。"

四

张选诚回到现实世界,他匆忙地跑回家中,看见父母正在做饭。

席间,三个人一起吃饭时,张选诚不知为什么忽然有些想哭。

他问:"爸妈,我之前是不是做得很不对?"

父母抬起头,茫然地看着张选诚:"小诚,是发生了什么事儿吗?为什么这么问?"

张选诚支支吾吾地说不出来,毕竟他不能暴露养老院的事情,养老院是从去年才开始执行的,且非常秘密。只有年轻人知道,五十岁以上的人并不知情。

"你这孩子,怎么了?说话呀,你可急死我了。"张妈妈一脸焦急地问。

张选诚尴尬地一笑:"没什么,只是忽然觉得自己以前太不懂事,总是做些令人讨厌的事情,让你们伤心难过。"

张妈妈不放心地问:"你真的没事儿吗?"

"没事儿。"

张妈妈这才松了口气,喟然轻叹:"其实,我倒觉得没什么,那些小事,我们早就忘了。年纪小不懂事,我们能够理解,当父母的哪有记恨孩子的道理,以前我们也曾左右过你的思想,不让你报考某某学校,不让你选择你喜欢的专业。你才和我们对着干……"

"其实,这些事情我们都能理解,时过境迁也无须再提。我跟你爸,这一生只有一个愿望,就是希望你能够平安健康地活着,以后我们如果不在了,也希望有人能够照顾你。"

说到这里,张选诚眼眶微红,一滴泪落下。

父母被吓了一跳:"你怎么好端端地突然哭了?"

张选诚忙用手背擦去眼泪,往自己的嘴里塞了口白米饭,含糊不清地说:"我饿了,太饿了。"

"饿了,那就多吃点儿。"许久不说话的父亲,温和地说,"你妈为你准备这饭,准备了很久,你不是最喜欢吃这个山药排骨汤吗?多喝点儿吧,这山药可是我一大早去集市买的。"

"好,我一定都吃完。"张选诚说着,大口大口地喝着汤。

他似乎想起了什么,对母亲说:"妈,我想跟您学这个汤怎么做,我还想多学几个菜。"

母亲开心地回应:"好啊,明天教你。"

之后的一个星期里,张选诚下班回家,只要一有时间就跟着母亲学做菜。母亲也不问缘由,这倒让张选诚有些诧异。

"妈,你为什么不问我学这个干啥?"

母亲回答:"只要是好事儿,你肯学的,妈妈都支持,我不需要问这么多。"

张选诚笑着说:"妈,您真好。"

母亲嗔道:"你都跟我二十三年了,你这会儿才觉得妈好?得,我养了一个白眼狼。"

"是我错了,您一直很好,我爸也是。"

6月8日,又到了张选诚去养老院的日子。

这一天,张选诚买了一个蛋糕,因为今天是他的生日,虽然在家已经吃过了蛋糕。可是他还是特地买了一个,因为他想和养老院的老人一起吃。

年轻的张选诚和年老的张选诚一起吃蛋糕,会是什么场景呢?

他有些好奇。

张选诚提着蛋糕,来到204门口,他敲了敲门,老人没有开门。想了想,现在是下午一点半,老人应该在午睡。于是,他摸出钥匙,熟练地打开房门。却发现屋子里空无一人。

"他去哪里了?"

张选诚有些傻眼,这个老人平时不怎么爱出门,现在烈日当头,他能跑去什么地方?

他把蛋糕放在桌上,转身走出了204。

在走廊上,看见今天的值班人员,张选诚忙拉住值班人员问:"你知道204的老人去哪里了吗?"

值班人员瞥了一眼204的门,"他今天好像出去了。"

"啊?"张选诚有些惊讶,"你的意思是他走出养老院了?"

值班人员点点头:"对,情况特殊的人,可以去养老院外面。再加上今天是他的生日,所以特许他出门,等到了时间他应该会回来。"

张选诚有些慌了:"这老头脾气不好,别去外面和别人发生争执。我现在能出去吗?我想把他找回来。"

值班人员提醒说:"这里的外面跟你们那边不一样,这儿只是个小地方,你出去走两条街没准就能遇见他。"

"好,谢谢你啊。"张选诚说着就飞奔下楼,来到养老院门口,向门卫出示了自己的证件，说明情况，门卫这才同意了放他出去。

张选诚走了两条街，果然看见了老头。

老头坐在长椅上乘凉，望着河边玩耍的人。那些人和他一样，都是年过半百的孤寡老人。

张选诚走过去，老头看也不看地说："你说，这世上是不是只剩下老人了？"

张选诚心底一惊："为什么这么问？"

老头说："你看看对面那些人，全都跟我一样的，一把老骨头。我在街上走了好久，没有看见一个年轻人。我以为我出来走走，应该能够碰见年轻人，谁知道还是遇不到。"

"为什么想看年轻人？"

"因为不一样。"老头说，"我都忘了自己有没有年轻过，还是自己一直都是这副样子，我也问过他们，他们也说不知道。我觉得我们这一类人很奇怪，每个人看起来都蔫了吧唧的，而你们却是活力满满的。"

张选诚哑然，他不知道该怎么继续这番对话。

老头说："其实我也不讨厌你，毕竟在养老院里住着，只有你肯来看我。可是你这小子不爱说话，我怎么折腾你，你都不爱说话，我觉得很没趣。明明是个年轻有活力的小伙子，每天总是蔫了吧唧的样子，还不如我这个老头，所以我就忍不住想折腾你。"

张选诚惊了，原来之前老头对自己的恶意，仅仅如此简单？

还不待他开口，老头就已站起身，将两只手背在身后。"累了，不想看了。一群老头老太太，也没什么好看的，我回去了。"

张选诚觉得有些好笑，其实养老院的世界是被屏蔽的地方，老头想看的年轻有活力的人在这个世界外面，不过已经所剩无几了。

这么一想，他忽然又觉得有些悲哀。

六

张选诚和老头一前一后地回到了养老院，老头看见桌上的蛋糕，眼底的笑意一闪而过。

"你们就喜欢搞这些花的，这个甜腻腻的东西我不太喜欢吃。"老头的脾气又上来了，不依不饶地问，"我之前跟你说的，我要吃山药排骨汤，你给我带了吗？"

张选诚忙说："带了带了。"

他把山药排骨汤从饭煲里取了出来，给老头倒了一碗，浓浓的香味让老头露出了微笑。

"是这个味儿，总感觉很多年前吃过，可是想不起来了。"

老头喝了两口，感叹道："没看出来，你小子还真的愿意去学，大有长进啊！"

张选诚有些不好意思地挠挠头："那您以后能不能不要去投诉我啦？我对您保证，我以后一定会好好照顾您，求求您别再投诉我，因为我的养老值真的所剩无几了。"

老头神秘兮兮地一笑："你闭上眼睛。"

"啊？"

"我说，让你闭上眼睛，不听话我就扣分了。"

张选诚立即闭上眼睛。

"把手伸出来。"

张选诚听话地伸出手，一张卡片放在了他的掌心。

"睁开。"

睁开眼睛，张选诚看见手心的卡片竟然是养老值，一共一千分！

张选诚差点儿喜极而泣："您是怎么办到的？"

老头笑眯眯地说："我找院长拿的。"

"不过我丑话说在前面，这些分，我随时都可以给你投诉掉。"

张选诚激动地说:"我知道了,以后我会隔三岔五地给您炖汤喝,您想吃什么就说,您想怎样都行。"

老头撇撇嘴:"假惺惺的年轻人。"

张选诚露齿一笑。

晚上七点钟,张选诚从204里走出来,他下意识地看了看203。

203的门开了,李先生从里面走出来,张选诚看见203房间里已经没了人,空荡荡的。

"她呢?"张选诚问。

李先生抬起头,眼眶里的泪一下子涌出。

"她走了。"

张选诚不知该做何安慰,他觉得安慰是最没有用的东西,它既不能帮人渡过难关,也无法抚平别人心中的伤口。可是,有时候不得不承认,人都是需要安慰的。

李先生说:"很难相信,我和我的女朋友这一生会是这样的下场。我时常觉得,我们可以相约白首,可是我没有想到,自己会先她一步离开。让她孤独了这么多年,无人照看。如果现在不是有养老院这样的机构,恐怕她真的很难熬。"

张选诚苦涩一笑:"是啊,我也没有想过,我到了老年竟然会是孤身一人。"

李先生说:"临走前,她把这只猫托付给我,说希望我帮她养着猫。"

张选诚诧异道:"可是我们没有办法把这个世界的东西,带去现实世界。"

李先生点点头:"我知道,可我还是答应她了。小张,我想求你一件事。"

张选诚看着那只猫说："没问题，我可以帮你养，反正我还要在这里待好长一段时间。"

李先生温和一笑："谢谢你，小张。"

"不客气。"张选诚接过猫，揉了揉它的脑袋，"其实我很羡慕你与你女朋友的爱情。虽不能与她相约白首，却能在这里照顾她风烛残年，这一生，你们从未分开过。"

李先生叹息："过一会儿，我会去院长那里，他会清除我的记忆，之后，我不会再记得这里。"

张选诚点点头："很高兴和你做朋友。"

"我也是。"

"希望，我们能够在那个世界遇见。"

"好。"

李先生走了，张选诚站在养老院目送着他离开，怀里的猫也一同目送。

良久，猫发出一声哀叫，张选诚垂头一看，猫竟然流泪了，这是错觉吗？

据《山海经》记载，
冉遗鱼长着鱼身、蛇头，
有六只脚，
它的眼睛形状如同马的眼睛，
据说吃了这种鱼可以使人不
患梦魇症，还可以防御凶灾。

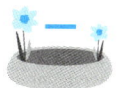

"表姐。"

崔萦来找我时,我正在花圃里看着水仙发愣。听到她这一声娇唤,我从花圃里抬起头来望着她。

今日,她穿了一身明黄袄裙外披一件红色斗篷,万千乌发梳成百合髻,插着一支精巧别致的金盏玉盘簪。许是外面风大,这一路走来,一张小脸被冻得微红,惹人怜悯。我垂首一看花圃之中的花,继而笑了,望着崔萦打趣道:"当真人比花娇。"

崔萦娇羞一笑,红着小脸,嘟囔道:"表姐好没意思,我顶着寒风来瞧你,你便这样取笑我。"

"表妹,我所言句句属实,若有半点虚假,天打雷劈。"

我站起身来,对天发誓。崔萦伸出手捂住我的嘴唇,一双秋水瞳里满是担忧,"表姐,这誓不可乱发。"

倘若我是男子,定会被崔萦这般的女子迷住。可惜,我不是。

"表姐,这花竟真的开了。"崔萦来这里的目的,自是来看我精心呵护的水仙花,这城里的人都知道,我喜欢养花,而最喜欢养的就是这一株水仙。

我欣喜道:"我原以为它不会开了,没想到昨夜一场冷雨下了,它竟悄悄开了。"

崔萦伸出手,手指轻轻拨弄着水仙的花蕊。嘴里念叨着:"不知,那人的心是否会开。你喜欢邵英鞮那么久,执意捡了他不要的花,当作宝贝饲养,舅妈如此责备你,你却不管不顾。然而邵家公子天生的石头心,可从来不会开花。"

是啊!这城内的人都知道,冉家之女,冉鱼生了花痴病,每天对着邵家公子日思夜想,可人家不念半点情谊,还曾出口伤我。无数人想看我笑话,我却乐在其中,将他抛弃的水仙花养了这么久。

见崔萦伸手拨弄花,我忙道:"此花有毒,不可乱碰。"

崔萦瞪大眼睛不可置信,随后从袖子里掏出一方丝巾擦拭着自己的手指,极为恐惧："这世间竟有这种毒物，只可远观不可近玩。当真是花如其人，你的水仙郎邵英鞡不也是只可远观吗？"

闻言，我一时失神，右手在花架上的象胆叶尖齿上划过。不多时，手背至尾指处便多了一道血痕。我慌乱收回手，崔萦瞧见了走过来检查我的伤口。

"表姐，你怎么还是这么不小心？"崔萦有些焦急地取出丝巾系在我受伤的地方。

"无大碍，小伤而已。"我安慰着崔萦，顺势将那条丝巾从手上取下。这条丝巾是她方才因为恐惧水仙之毒，用来擦手的，此刻却系在了我手上。

崔萦见我取下丝巾，这才想起她方才用丝巾擦过手，向我赔罪道："抱歉啊！表姐，我一时紧张竟用了它为你包扎伤口。"随后，崔萦将丝巾夺过，揣进了袖里。

收好丝巾后，崔萦又对我语重心长地劝慰道："表姐，冉家虽不算是什么名门望族，好歹也算半个皇亲国戚。你又何苦对一个没有心的人悉心灌溉呢？"

我知崔萦是为我好，她知晓我喜欢那人。她心疼我的付出并没有得到相应的回报，可这世间有多少事情不都是如此吗，即使你十分耕耘，你也不可能得到十分的收获。故而，我始终坚信，有朝一日我的耕耘不得十分回应，但求一分惦记。

崔萦拉着我的手，小心地替我理了理伤口。极其疼惜道："表姐，你向来不喜侍弄花草，如今为了他，竟连这一双手都变成了这番模样。"

我垂首，看着自己的双手。纤纤十指早已沾染污泥，指甲缝隙里的那些陈年老泥已无法去除，反观崔萦，十指如玉。

我将手从她手中抽回，笑道："我一直都挺喜欢这些花的，它们带给我许多旁人都无法体会的乐趣。"

"你呀，真是嘴硬。"崔萦笑着摇了摇头，叹气，"你从来不肯听话，除了那人。"

她抬眸看着我，秋水瞳里映着我的影子。我在她的眼睛里看出了我的狼狈，发丝凌乱，穿着难堪。

许久，崔萦问我："表姐，明知有毒，养它何故？"

我没有回答，亦不知如何回答。

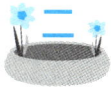

冬月初八，雪未至，寒风凛冽。

冉侯六十大寿设宴于冉府邀乐亭，宾客倍至，笙歌鼎沸，急竹繁丝。

我陪在双亲身侧，站在邀乐亭入口，脸上堆笑迎接宾客。进来的宾客说的便是一些祝福吉祥语，随后再献上自己的寿礼。

许是，他们都已听闻我那荒唐的故事，每个人走到我面前时总是要停下脚步，笑一笑，瞧一瞧传闻之中的冉家姑娘到底是何模样。

更有甚者，笑眯眯地问我："冉小姐，花开了吗？"

我知道他们在揶揄我，捡了人家不要的花，当作宝贝来养。

我指着院墙边芳香四溢的梅树，赔笑道："花开得甚好，王公子眼神不大好。"

王远才似吃瘪，没想到我会如此回敬他。趁他还未开口，我便又补了一句："公子若是喜欢，我叫下人砍几株给您府上送去可好？如此，王公子也不必每日问候我一句。"

"你……"王远才将随身带来的寿礼重重塞到了我手中，咬着牙对我父亲道："冉侯，你可当真教了个会养花的好女儿。"

"王公子谬赞谬赞。"父亲慌忙接过寿礼，不敢惹怒此人。

王远才横眉怒视，狠狠地剜了我一眼，甩袖离去。

我仰着头，看着他滑稽的背影，笑问："王公子，梅花可还要吗？"

周围人见此都笑了。

我一转身便瞧见父亲吹胡子瞪眼地看着我。他隐忍着怒火，沉声道："今日结束，看我怎么收拾你。"

"是。"我乖巧垂首。

父亲向来怕极了王家，尤其是王家的这个浪荡儿子王远才。他总是嘱咐我，那个人可躲不可惹。我向来拿他的话当作耳旁风，只因在学堂念书那会儿，我对王远才的怒火就已经压抑到了极限。出了学堂，我不用担心先生再赐我戒尺，自然也就不必怕王远才。

母亲见了，走到我身侧，小声对我说："小鱼，你怨他恨他都可以，可王家人掌握着你父亲的命脉。也许有朝一日，我们还要上门求他，你又何必断了这条退路？"

我看着母亲担忧的模样，心里只觉得好笑，安慰她道："我恨他作甚？他不过是一个草包，连让我恨，都没有资格。"我瞄了一眼父亲的白发，看了看母亲眼角的细纹，遂又改口道："母亲，你放心吧。我知道，什么事做得什么事做不得，我不会令父亲为难。"

"那便好。"

与母亲谈话完毕，我又翘首以盼看着那道圆月门。一日前，我听说邵府老爷病了，他与父亲交情十分要好，若他不能前来为父亲祝寿，定会派出他家公子。

崔萦不知何时来到我身侧，轻轻拍了拍我的肩膀，问："表姐，你的水仙郎今日会来吗？"

崔萦不问还好，一问，我心里没了底。

我失落地环顾四周，看宾客里并无他的身影，也许他今日不会来了。他曾当着众人的面说过，但凡有我的地方，必定不会有他。只因，他厌我至极。

我笑着对崔萦说："来不来又怎样？我照样吃两碗饭喝三杯酒。"

宴席开始，宾客落座，我坐在母亲身侧，表妹崔萦坐在我右手边。

父亲站在邀乐亭中央，举起酒杯回谢宾客，正在这时府中下人通报，附在父亲耳旁低语一番。

满座宾客，随之侧目。

圆月门中，有一人影缓缓走出。那人身着水蓝云纹暗绣深衣，宽大的袖子如同蝴蝶双翼在寒风之中飞舞。再往上看去，那面容却被伞遮住，只余一只白皙玉手裸露在外，寒风凛冽，吹红了他的手指。

他似闲庭漫步，在细雨之中慢慢走来，带来了白梅清香，所有人都屏住呼吸。

但见那青竹纸伞收起，一张玉面似被风雪冻出微红，比往日里多了一丝可亲之气。眉目之间，如水映山，清秀灵动。见众人盯着自己，却不胆怯，从仆人手中接过礼盒，动作轻缓却不做作，转而又笑着将自备寿礼恭恭敬敬地递给冉侯。

这世间能把这一派动作做得赏心悦目的，除了邵英鞮，我再也想不出第二个人。

崔萦碰了碰我的手臂，在我耳边轻声笑道："姐姐，那可不就是你的水仙郎。"

邵英鞮之所以被崔萦称为水仙郎，不过是因为我在他那里得来一盆水仙花。

十五岁那年初夏，我在邵英鞮家的院墙处偷窥了许久，只因他不大想见我，我只好每日像只老鼠一样偷偷摸摸地观望着。

我至今仍记得，那天天气甚好，我嗑着瓜子，爬在墙头听着邵英鞮的念书声，那轻柔而缓慢的语调像是一汪清泉在我心间流过，令我极为享受。

正当这股清泉伴着夏虫之音，叫我入眠时，另一个声音将我吵醒了，害得我差点儿从墙头摔下去。

我揉着眼睛，看见邵英鞮身边多了一个身着褐色布衫的仆人。仆人端着一盆水仙，对邵英鞮说："公子，这水仙怕是要死了吧，有没有什么可以挽救的法子？"

邵英鞮收起手中书卷，侧眸，淡淡一瞥那盆半死不活的水仙花。以极其高傲的姿态："死了也好，也不是什么重要的物事。"

仆人有些着急道："可是，之前公子不是极其担心吗，说这花死不得。"

我顿生好奇之心，歪着脑袋瞧了瞧邵英鞮，这世间竟有让他担心的东西？

邵英鞮负手，拿着书卷，不过是十六岁的少年，却学着大人老气横秋的模样："扔了，是死是活都由它。"

仆人没了法子，只好端着那盆可怜巴巴的水仙花从后门出去，将那盆水仙放在了一堆垃圾之中。

我从墙头跳了下去，腿差点儿给摔折了。我一瘸一拐地来到那堆臭气熏天的垃圾前，捏着鼻子，看见那株遗世独立的水仙。

　　我鬼使神差地走过去，将那盆水仙抱了起来。正在这时，身后的门吱呀一声开了。

　　我站在污泥之中，而他高高在上。冷眉冷眼，薄唇轻动，语气低缓：“冉小姐，好雅兴。”

　　那是邵英鞮发誓不与我说话的第六日，他终于说了这六个字，我记了三年。

　　我抱着水仙，傻兮兮地笑：“英鞮，这盆水仙我可以替你养着吗？等开花了，你来我府中看好吗？”

　　他从台阶走下，带着那股不忍亵渎的清香，愈发映衬出我的污鄙。

　　"姑娘喜欢就拿走吧，我看着它，已经烦了。"

　　我抱着水仙像是拿到了宝物，艰难地从袖子里掏出银子，提起邵英鞮的胳膊，将银子塞进他手中。

　　"我冉鱼向来不喜欢讨别人便宜，这株水仙我买了。"

　　自以为很神气地撂下这句话后，我头也不回地逃走了。

　　直到第二日，我被父亲扇了一巴掌后，方才知晓晋安城中"冉女千金买花"的故事已经被别人编出了好几个版本。

　　他们说，我竟然花高价买了一个男人不要的垃圾。

　　父亲打我那一巴掌，说我把冉府的脸都丢光了。

　　我没有哭，也不觉得痛，只觉得我的花没有白买。因为，邵英鞮上门来看我了。他说他为这件事情感到抱歉。

　　我笑着，这一切都是我心甘情愿的。我心甘情愿地接近你，心甘情愿地养着你不要的水仙。

　　如此，这花我一养便养了三年。

　　直到昨日，它才终于悄然绽放了一朵。只是小小的一朵，对我而言已是天大的欢喜。

此刻，我看着邵英鞮奉上寿礼。

"冉侯莫怪，家父前日受了风寒不能前来祝寿。特令我准备周全，前来祝寿，不想竟来迟了。"他微微躬身，语气极为诚恳，"还望冉侯见谅。"

自父亲知晓我为邵英鞮做出如此荒唐的事后，父亲便一直不太喜欢他。此刻，祝寿他竟来迟，我怕父亲为难于他，正想起身劝慰。却见父亲接过礼盒，爽朗一笑："贤侄客气，令尊受了风寒理应好好养着，倒是你，身子骨一向弱，这雨没冻坏你吧？"

言罢，父亲招手叫来仆人，吩咐道："替邵公子拿个暖手炉来。"

随后我正想招手叫邵英鞮坐在离我比较近的一桌，父亲却先开口了。"邵贤侄，这宾客都已坐满了，没有多余的位置……"父亲假意咳嗽，赔笑道，"这可如何是好，我不能亏待你啊！"

邵英鞮抱着暖炉，淡淡一笑，看着不远处的桌子。他说："冉伯父，我坐那里也成。"

宾客皆举目望去，我大惊，那是仆人的座位。

父亲失笑："邵贤侄莫要拿冉伯父开玩笑，那可是仆人的座位。你作为宾客，于理不合啊，要是让你爹知道可是会责怪我的……"

"家父曾说，冉伯父的邀乐亭是晋安城中第一亭，能进来一次实属不易，我能够坐在这里已是荣幸。"说罢，邵英鞮朝着那座位走过去，面色从容，"这处位置极好，我很喜欢。"

举座震惊，仆人看着平日传说中的神仙般的人物，竟然坐在了自己眼前。

我望着父亲，他是有些尴尬却又不好发作，只好说："那便好，阿润你把邵公子可要照顾好啊，照顾不好我拿你是问。"

那个叫阿润的仆人立刻站直身子，垂首应声后，便老老实实地站在邵英鞮身侧。

这一场宴席从开始到结束，我的目光自始至终都瞧着邵英鞮。而他则坐在那里动也不动，偶有几回仆人问他需不需要添酒，他都摆手拒绝。直到手中的暖炉冷却，他的咳嗽声越发清晰。我便叫崔萦去找个仆人送了他三个暖炉，那三个暖炉围着他，他的脸色微微好转，我瞧着甚是喜欢。

崔萦过去的时候，便笑着问他一些话。他也极是从容淡定地回答，脸上的微笑也恰到好处。

我望着他们，心中想的是，什么时候他能像对待别人那般，也对我笑。

临近宴席尾声时，宾客们散得差不多了。我起身，瞧见他们两个人还在谈话。崔萦见了我，对我招手叫我过去。我摆了摆手，不愿过去，只远远地瞧着。而他，始终背对着我。

许是宾客少了的缘故，周围安静不少，我听见崔萦问他："邵公子，我姐姐为你种的水仙花开了，你愿意去后院瞧一瞧吗？"

他似没听见一般，崔萦重复道："真的不去瞧一瞧吗？虽然只开了小小的一朵，我瞧着也觉得煞是好看。"那一刻，连我耳边的风声都停了。

我听见他对崔萦说："崔姑娘，这世间好看的东西多了，我没必要每个都去瞧一瞧。"

崔萦辩解道："那可是姐姐为你种的，你不是答应过开花了要去看吗？"

"崔姑娘今年几岁？"

"十六……"

"你姐姐几岁？"

"十八……"

邵英鞮淡淡地"哦"了一声，随即笑了："八岁小孩都不信的誓言，十八岁的姑娘还在做着什么梦！"

那是在场的所有人都听得见的嘲讽，这句嘲讽让我三年的努力全都白费了，他将我对水仙的所有悉心照料都视作了一场荒唐梦。

我听见那些宾客忍不住而发出的笑声，我看见父亲、母亲对我不成器的怒目。邵英鞮却如同来时那般，不染纤尘，撑着一把青竹油纸伞翩然离场。

冬月深夜，我看着花圃里悄然绽放的那朵水仙，拿出一把剪刀，将那朵花剪落。

花落在地上的那一刻，我的心也像是被摔落在地。

我从不曾想，喜欢一个人而为他所做的疯狂的事情会让自己蒙羞。我住在为自己编织的美梦里，做着我认为正确的事情，哪怕他怨我恼我，我都不觉得可怕。可是如今，他当着众人的面，否认了我的努力，让我难堪，让我抬不起头。

我这般厚着脸皮接近你，只因，那年我在学堂里受尽屈辱时，别人都不敢伸手帮我，唯有你丢给我一条丝巾，将我从井底拉出来。你说："既是人，就不该像狗那样活着。"

那个时候的我仰望着你。

十三岁时，你便已高高在上，十八岁时你依旧高高在上，从不肯近我半分。

我总想着再努力一些，向你靠近，直到与你并肩。故而你的刻薄言语，我都装作没有听见。只是今日，为何我会如此难过。难道从来不肯要面子的我，终于知道面子为何物了吗？

"阿冉，你终于知道疼了吗？"母亲不知何时来到了我身边，她从我的手中拿走剪刀，替我擦干了脸上的泪。"从前，我以为你是不知道心痛的滋味，才会这般没心没肺。"

她轻轻为我理着耳边的发丝，叹道："知道痛就好了。这天底下，除了邵英鞮还有邵英二邵英三，你贵为冉侯之女，不必为了这么一个小小的邵家小子便失了女子的骨气。"

我垂首，默然，看着泥土里的那朵水仙花被母亲踩在脚下。

母亲拉着我的手，轻轻拍着，安慰道："邵家小子所言不假，你今年已有十八岁，那些荒唐的梦早已该醒了，你可睁眼看看冉府已经不如从前了吗？母亲不求冉府能够风光无限，只希望在世之时能够见到你嫁一个好人家。他能够保你衣食无忧安度一生，便已是最好。"

母亲望着我，泪眼盈盈，"我的儿，那王家小子再不好，他总归是将你放在心上了，他能够保你……"

我甩开母亲的手，不敢相信她竟会说出如此荒唐的话。

他王远才当日羞辱我之时,你未曾瞧见,是我不敢说出来惹你伤心。此刻,你竟说他将我放在心上?

怪我见识浅薄,哪一个被放在心上的人是被这般对待?

"阿冉,那王家提亲已多时,我推脱过几回,可是现在……"

"阿冉,你明白吗?"

我望着那朵被她踩入泥土里的水仙,笑道:"母亲,我如何不明白,只要嫁给他,我冉家上下才能在这晋安城中存活。"

那夜之后,丫鬟曾告诉我,我剪掉那朵水仙之后,竟又开出了三朵,且一朵更胜一朵。而我已经不愿再去瞧它……

六

春分之时,我写了一个"重金出售水仙"的牌子叫丫鬟放在冉府后门。

那个时候我只是闲得无聊,又不想去见那杀千刀的王远才,便想出这么一个法子。他们都笑我脑子定是被屎糊了,谁会花这么多银两去买一盆并不名贵的水仙呢?

那天黄昏,丫鬟在外面买了菜回来,冲着我惊慌大叫一声:"小姐,小姐,有人要买花。"

我正写着诗,一笔一顿,极为恼怒地看了一眼丫鬟:"你这般毛毛躁躁也不知跟谁学的。"

丫鬟憋屈地嘟囔:"还不是跟您学的嘛……"

"咳,我这般修身养性你不学,学得这毛毛躁躁你还赖着我。"我收起笔,站直身子,看着她,"哪个冤大头要买花,让他去花圃里等我。"

片刻后,我在花圃前见到了那个冤大头。我当真没见过这般好看的冤大头,远远地看着那如仙似神的背影,我还以为我瞧见了邵英鞮。

等到他转过身来时,那浅浅一笑,才将我的神勾了回来。

他不是邵英鞮,邵英鞮绝不会对我笑。

"你就是那个想买花的冤大……"我想着在这般好看的人面前如此粗鄙有些不好，故而改口，一笑，"公子，是你想买花吗？"

那公子对着我又是一笑，我感觉我花圃里的花都在花枝乱颤。

"可以这么说。"

我瞪着眼睛，看着他，"什么叫作可以这么说？那不可以，应该怎么说？"

他朝我走近一步，我未闻见什么清幽的香气，心中有些失望，看来邵英鞮那种香是旁人不会有的。"冉姑娘可是在失望些什么？"

他一语点破，我有些羞恼地瞥了他一眼，侧身，呵斥："公子要是不买花，就请走。"

他竟伸出手，轻轻拍在我肩膀上，"我不光要买花，我还要买人。"

我怒道："竟是个登徒子！"

那男子失声笑了，极是开怀："冉姑娘，你这般有趣，为何那人竟目不识珠？"

我知道他口中的那个人便是邵英鞮，他提了我的死穴，我自是败下阵来。

"冉鱼，你可记得那年你落水，救你的人是谁吗？"

他步步紧逼，俯身低语："冉府将亡，除了王家可以救你，我也能。"

我反问："如何救？"

"嫁给我，你想要的荣华富贵我都能给，甚至比王远才给得更多。"

我笑了："这些东西，我从来都不想要。"

他凤眸微眯，抿唇轻笑："如果是邵英鞮的命呢？"

我心底一惊，他竟踩了我的痛脚。手中的那把铁锄，挥向他的脑袋，他却伸手夺走了我唯一的武器。

"冉小姐，祝某认为你为他做得已经够多了。"他俯身，温热的气息吐在我的耳边，"如果你只是为了还他一命，你们之间早已两清。"

晋安城中多了一个比"千金买花"更让人津津乐道的故事，冉侯之女冉鱼即将

出嫁。

　　当我和祝浮还在为婚礼之事筹备时，一个令人震惊的消息从邵府传来。

　　邵英鞑竟要娶妻，他娶的那人不是别人，正是我的表妹崔萦。

　　我并不知道邵英鞑是何时对崔萦情愫暗生，只知道崔萦喜欢邵英鞑之事，在许久以前我便发现了。

　　那日崔萦来找我时，我的手受伤，她拿出丝巾为我包扎，却又慌忙将丝巾塞入袖中。只因，我看见丝巾上绣着一个娟秀黑字——英。

　　也许，我早该想到崔家的势力能够让败落的邵家起死回生，而我冉家却不行。

　　"小姐，我听说崔萦小姐今日就要嫁去邵府了，可是邵公子他却醒不过来了。"

　　我丢下手中喜簪，夺门而出，丫鬟高声在我身后呼叫。

　　我比谁都清楚邵英鞑的病。只因，三年前他那盆要死不活的水仙花是我弄死的，也是我送给他的。

　　那年我在学堂里，被王家小儿捉弄，丢入荒井之中，我大声呼救却无一人敢应，只因他王家一手遮天，晋安城无人敢得罪。

　　我在荒井里待了一夜，害怕极了，直到三更时分，有人打开了井盖。那人披着月华的清辉，将我从井中救起。

　　我从来没有想过，学堂里最无权无势的邵英鞑竟会救我。也就是自那晚以后，王远才将对我的愤怒转移到了邵英鞑的身上，他被折磨得送回邵府，在府中养病半月。从那时起，我才知道邵英鞑自幼身子骨极差。

　　我为了感谢他，将一盆水仙花送去他的府邸，只为帮他吸收元气，等到水仙花枯萎那日，我再将水仙花偷回。然后再用血灌溉水仙，水仙吸了我的血，帮他生出元气，便会让他的身体一日比一日好。

　　我欲嫁给祝浮，也是因为他知道我的秘密。他愿意替我保守秘密，并且愿意想出更好的法子救邵英鞑，我又何乐而不为？

　　如今，我尚未嫁给祝浮，邵英鞑便已病入膏肓。待我拿到解药，他又能够再活几日？

我冲破邵府大门，横冲直撞地闯入了邵英鞮房间。崔萦见了我，大吃一惊，我却顾不上解释，拿出刀便刺向邵英鞮的胸口，这是祝浮给我的刀，他说这把刀上有药，只要我将刀插入邵英鞮的心脏，再取出我的内丹喂给他。邵英鞮便可存活。

崔萦跪在我的脚下："表姐，不要杀他……是我，是我不好，是我不该爱他，惹你生气。"

我甩开她的手，居高临下地看着他们。

"邵英鞮，我死了你便再也不用瞧见我，不会再觉我厌烦。你若怕鬼，你大可求一道符将我隔之千里，抑或是求道士让我永世不得超生。"

邵英鞮似未料到我会说出这番荒唐言论，瞪大眼睛，不可置信。我拿着那把沾满鲜血的刀，狠狠一刺，刀入七分，鲜血直流。

"只是，邵英鞮，我当真叫你如此心厌吗？"

邵英鞮从床上冲下来，跌跌撞撞中将我抱住，哭道："冉鱼！你怎么这么傻？"

"哈哈哈。"祝浮的声音自外面传来，"她当然傻，否则怎么会进了我们的圈套。"

我极为震惊："你在骗我？"

祝浮冷笑："我当然知道你的真实身份，你不是冉家小姐，你只是井中的冉遗鱼。当初，是我把你困在那里，因为我没有能力杀掉你，夺走你的内丹。特地设下此圈套，让你爱上邵家公子。"

"他一直都知道你是妖怪，为了保护你，他故意疏远你。"

我质问："为什么要疏远我？"

邵英鞮哭道："因为，他们在我身上下了诅咒，只要我接近你，超过一天，你就会死于非命。"

原来，这就是他一直不敢靠近我的理由。

我问："英鞮，倘若没有这些事情，你愿不愿意娶我？"

邵英鞮哽咽地点头。

我闭目微笑，这一场冉遗鱼梦，终究是荒唐的开始，荒唐的结束。

CHAPTER

12

日记中的
妻子

一觉醒来,二十七岁的钟思民竟然"喜得孙子"。

一觉醒来，二十七岁的钟思民竟然"喜得孙子"。

此刻这位十七岁的孙子钟念，正跷着二郎腿坐在沙发上美滋滋地打着手游，俨然把这里当成了自己的家，一点儿都不客气。

"你再跟我说一遍，你叫什么名字？你爸爸是谁？我才二十七岁，连儿子都没有，怎么可能有你这么大的孙子？你就算是要行骗，也得找个合理的谎言！"钟思民叉着腰站在钟念面前，如果不是看在钟念确实长得与自己十七岁时相差无几，他早就把这个人赶走了。

钟念的游戏输了，他略有些不爽地收起手机，清了清嗓子，无比郑重地回答钟思民的提问。

"我是钟念，今年十七岁，我的父亲叫钟越，也就是您的儿子。"钟念想了想补充道，"我来自2061年，通过一种特殊设备来到2018年找您。"

钟思民听得糊里糊涂，只弄清楚一点，他这个孙子是来自2061年，那个科技发达的时代。

钟思民挠了挠头，试图理解："你这个算是穿越吗？你穿越来到了2018年？"

钟念解释道："准确地说这不是穿越，是我借用设备创建了一个虚拟空间，在这个空间里我能够与你取得联系。你是真实的，而我只是一串数据，相当于一个逼真的投影，你们这个时代的人都能看见我，但是我们之间却无法触摸。"

"原来如此。"钟思民再度感叹科技发达，难怪刚才他抓不住这小子，吓得他以为家里闹鬼了。

过了一会儿，钟思民想到一个验证钟念究竟是不是未来人的方法，"既然你自称是来自未来，你一定对我们这个世界了若指掌，你不如告诉我下一期的彩票号码是多少。"

钟念无语地翻了一个白眼："爷爷，我之所以会了解你，是因为你写下的日记，我来这里之前阅读完了你写的人生日记，清楚在你身上会发生什么故事，但是这并不等于我了解你们这个世界的全部内容。"

"日记？"

钟思民突然想起来，因为最近记性不好，他总是忘记重要的事情，他确实有写日记的习惯。他想着立刻跑向自己的书桌寻找日记本，发现那本带锁的日记竟然不见了。

"你不会偷走了我的日记本吧？"

"我怎么可能会去偷你的日记本？"钟念解释，"那是因为，你日记里的内容与我脑子里的记忆发生重叠，在虚拟空间不允许两个一模一样的东西存在，所以你的日记本就消失了。"

"虽然我不能告诉你如何中彩票，但是我可以告诉你明天会发生什么事情，让你避开那些危险。"

钟思民问："你会提前告诉我所有事情？"

钟念摇摇头："如果我把所有的故事都跟你说了，那就等于你的人生是在作弊啊。"

三

第二天早晨起来，钟念已经消失，钟思民找遍了整个房间也没有找到钟念的影子。书桌上丢失的日记本，竟然又出现了。难道真的如同钟念所言，他出现的时候，日记本就会消失。他消失的时候，日记本就会出现？只因他的脑子里装着整本日记。

"这是日记本成精了吧？"

钟思民打开日记本，发现这本日记居然已经快要写满，这是怎么回事？他记得自己的日记根本没有写这么多，为什么一夜之间会多出这么多字？

正在这时，一页便笺滑落在地，钟思民弯腰捡起便笺，看见上面写着：6月14日，妻子的生日。记得送礼物，买她最喜欢吃的酸菜粉丝包子。

"妻子，我什么时候结婚了？"钟思民仔细辨认着字迹，这些字确实是他自己写的，可是他真的没有妻子啊！

"难道是钟念帮我写的?"

钟思民下意识地看了看四周,钟念依然没有出现。

眼见着钟表上的指针已经走向早上七点半,钟思民匆匆忙忙地跑进卫生间洗漱,却发现卫生间里摆放着两支牙刷,一支蓝色的一支红色的,蓝色的是他经常使用的牙刷,可那支红色的是谁的?那一瞬间,钟思民觉得自己进错房间了,他退出卫生间仔细看了看整个房间,发现房间的装修风格变了,为什么成了偏向冷系风格?

疑惑中,钟思民开始刷牙,一边打量着卫生间里摆放的物品。作为一个男人,他的洗漱用品只有牙膏牙刷和洗发液、沐浴乳。可是现在,卫生间里竟然还摆放着化妆品,这显然不是他的东西。

"家里进贼了?"钟思民心里有些慌张,这个贼还跑来自己家里刷牙化妆,这也太离谱了!

刷完牙,钟思民又发现自己的无名指上有一个戒指的印痕,难道他真的已经结婚了?这屋子里摆放的东西,都是他妻子的,可是现在他的妻子去哪了?

七点四十五分,钟思民收拾完,匆匆忙忙地跑出家门。突然想起昨夜钟念提醒他:"明日一早上班,记得别走小区后门,即使走后门,也别靠近五号楼。"

钟思民所住的"绿影小区"一共才五栋楼,五号楼距离小区后门最近,穿过后门再走五米就是公交车站,为了节省时间他每天都会按照这个路线去坐车。

钟思民瞥了一眼手表:"已经快迟到了,如果去前门的车站坐车得走十分钟,还是走后门吧。反正每天走后门也没见出什么事儿,我干吗相信那个小屁孩。"

钟思民一咬牙,往小区后门走去,正在这时一个花盆从天而降,幸好他走得快,不然那花盆就要砸中他的脑袋。惊魂未定的他,抬头看见三楼有一个女人正对着自己道歉:"对不起,对不起。"

女人探出头仔细一看,脱口而出:"钟思民?"

见钟思民没有反应,女人又说:"是我,我是谢晓微。"

谢晓微是钟思民的大学同学,她模样生得好看,大学时被评为系花。而钟思民在大学时代只是一个默默无名的小卒,对于校园女神能够记住自己的名字,他有些意外,一瞬间忘记了自己刚才与死亡擦肩而过。

两人寒暄了两句，谢晓微看见钟思民即将离开，她立刻喊道："钟思民，改天我们一起吃饭吧？"

面对美女的邀约，钟思民不知如何拒绝。

来到公司，叶新冉抱着一堆资料与钟思民迎面一撞，看见钟思民笑得满面春光，忍不住问："你这是遇见什么好事了？路上捡钱了？"

"没有捡钱，差点儿丢掉一条命。"钟思民心有余悸地说，"早上差点儿被花盆砸中脑袋。"

叶新冉说："早就跟你说过了，你那个房子不能住，那小区都破败成啥样了？你还住在那里，又不是没钱，干咱这行工作保密性强，工资也高，你就不能换个房子？"

一瞬间，钟思民回想起一件事，昨天夜里钟念一共提醒了他两件事，第一件事不能走后门，第二件事上班时遇见有人打招呼，一定要对那个人好一点儿。现在整个公司，只有叶新冉对自己打招呼，钟思民纳闷地看着叶新冉，难不成钟念说的那个人就是她？

叶新冉被钟思民看得有些发慌："你为什么要这样看着我？"

钟思民微笑："没什么，只是觉得叶小姐长得好看。"

说着，他将自己手上提着的早餐分给叶新冉，"这是早上买的早餐，叶小姐每天都住在公司，应该还没有吃早餐吧。"

叶新冉垂头看了看袋子里装着的食物，有些欣喜："是酸菜粉丝包子，你还记得我爱吃这个。"

"啊？"钟思民倒是没想过叶新冉喜欢吃酸菜粉丝包子，他忽然想起来，今天早上他在日记本上看见上面写着酸菜粉丝包子，因此在买早餐的时候他下意识地买了酸菜粉丝包子。

"谢了。"叶新冉又提醒道，"你最好注意点，最近我们公司的地址已经被外人发现，头儿又想换个地方，这次距离你家更远。你如果想要搬家，记得叫我一声。"

钟思民和叶新冉所在的公司是一家科技公司，研究的东西对外绝对保密，就连员工之间都不许互相讨论自己手上的工作。这种工作性质，让钟思民觉得自己像是一个特务。

到了晚上下班时间，叶新冉竟然对自己发出聚餐邀请。

"思民，晚上一起吃饭吧？"

"啊？"钟思民怔住，怎么今天有两个人都想约自己吃饭，难道是桃花运来了？

叶新冉皱眉："你啊什么啊，究竟要不要一起吃饭，我今天不想回去做饭。"

"好，我请客。"钟思民顺口答应。他与叶新冉在一起工作有两年了，面对这样漂亮可爱的女士，他自然十分喜欢，唯一让他有些不满的是叶新冉是大小姐性格，那脾气真是说来就来。

此刻，叶新冉将扎着的马尾放下来，对着镜子梳头发，钟思民注意到她的左手无名指上戴着一枚戒指，他又垂头看了看自己无名指上的戒痕，自己的结婚对象究竟是谁？为什么自己毫无印象？

叶新冉扎完头发，笑道："当然要你请客，因为我今天过生日。"

"啊，我还没有准备礼物。"钟思民有些手忙脚乱，他最近真的太忙了，竟然忘记今天是叶新冉的生日。

叶新冉梳妆完毕，转过头来，抿唇一笑："你请我吃饭，不就等于送了礼物吗？"

看见叶新冉脸上的笑容，钟思民突然想起早上他在便笺上看见的那句话：6月14日，妻子的生日。

今天叶新冉过生日，再加上手上的婚戒……

难道这是巧合吗？如果她是自己的妻子，为什么她不直接告诉我？

钟思民感觉自从昨晚与钟念接触之后，自己的生活就变成一团乱麻。

晚上八点，钟思民与叶新冉聚餐结束，他把叶新冉送回了公司。

"你为什么要住在公司，你没有家吗？"钟思民忍不住问。

叶新冉神秘一笑："因为我老公想跟我离婚，我不同意，我就离家出走了。"

钟思民半信半疑。

叶新冉又说:"骗你的,回去吧,路上小心点。"

两人分别后,钟思民回到了绿影小区,竟然遇见谢晓微,她穿着一身鹅黄色的连衣裙,站在草丛里寻找东西。

"谢小姐,你在找什么?"钟思民低声询问。

谢晓微转过身,眼眶里居然有泪,她擦了一下眼角说:"我的戒指不见了。"

"戒指?"钟思民极为吃惊。

谢晓微说:"嗯,一枚很重要的戒指,被我弄丢了,应该就在这里。"

钟思民问:"怎么会丢在这个地方?"

"我经常把戒指当作项链戴在脖子上,刚才在这里跌了一跤,戒指就不见了。"谢晓微苦涩一笑,"早知道过生日时就不喝那么多酒了。"

钟思民心中更是诧异,6月14日过生日的不仅是叶新冉,还有谢晓微?

两人在草丛里搜寻了一会儿,钟思民真的找到了一枚戒指,奇怪的是这枚戒指竟然与叶新冉手上的那枚戒指一模一样。

"这也太巧合了。"

谢晓微忙问:"什么巧合?难道还有人也有这枚戒指吗?"

"没什么,你不用在意。"钟思民不愿多说,谢晓微也不便再问。

谢晓微又说:"早上的事情我还没来得及给你道歉,我那盆花差点儿砸中你,实在对不起……"

"我确实是被吓住了。"钟思民心想,还好当时走得快,不然他此时就无法站在这里与昔日的梦中情人说话了。

谢晓微为此道歉:"对不起。当时说要请你吃饭,但是我没有你的联系方式,不知道怎么找你,只知道你住在这个小区。你手机号是多少?有空我请你吃饭,算是为早上的事情道歉。"

钟思民越发觉得事情不对劲,与谢晓微交换完手机号,他立刻跑回家寻找钟念,希望他能够替自己解开疑惑。

"怎么样？我昨晚的预测很准吧，我猜你还是去了小区后门，差点儿被花盆砸中，然后遇见了那个女人。"

看见钟念再次出现在家里，钟思民立即冲过去抓住他，然而钟念只是一个投影，并非真人。

"你是不是知道我有问题？"

钟思民急切地想把自己的疑问全部说出来，"今天早上我看见日记本上写着我已经结婚了，并且今天是我妻子的生日，我的房间里还有女性洗漱用品，整个房间的布局摆设也发生了变化。可是我脑子里却没有关于妻子的记忆。"

"我是不是失忆了，我的妻子去哪里了？为什么谢晓微和叶新冉，她们都是今天过生日，她们的手上也戴有婚戒。"钟思民举起自己的手说，"我的手指上也有婚戒的印痕，可是我找不到我的戒指。"

闻言，钟念竟然笑了："爷爷，你现在终于发现不对劲了吗？"

"你确实已经结婚了，并且已经有一年了。但是在结婚之后，你移情别恋，在两个女人之间摇摆不定，最终被人带走参与一场'真爱测试'。在测试开始前，你脑子里的记忆被人删除，因此你不记得你的妻子与第三者。"

得知真相，钟思民极为震惊："什么是真爱测试？我的妻子到底是谁？"

"简单来说，你今天遇到的两个女人，有一个是你的妻子。她们两个都没有失忆，只是在配合你演出，希望你能够从她们二人之间选出你的妻子，考验你在失忆的状态下如何选择，这就是所谓的'真爱测试'。"

"'真爱测试'是用来检验夫妻之间的忠诚度，完成这个实验需要三个人进行。妻子、丈夫以及第三者，如果你把第三者当作自己的妻子，那么测试结束你会遭受惩罚。"

"为了让你顺利进行测试，实验人员把你大脑里关于妻子和第三者的记忆全部删除了，只留下这本日记，日记是你当年写的，记录了妻子的有关信息。"

钟思民瘫软在沙发上，他实在不敢相信自己竟然在进行一项这样的实验，一向自认为是好男人的他，竟然在结婚一年之后移情别恋。

他痛苦地捂住脑袋："我现在该怎么办，我发现她们两个人都和日记里的妻子一模一样。"

钟念叹息道："爷爷，当年你就是因为没有认出自己的妻子，遭到惩罚，你的临终遗愿就是希望我帮助你选对妻子。"

钟思民抬起头，激动地问钟念："那你现在可以告诉我，我的妻子究竟是谁吗？"

钟念摇头："不能，如果我直接告诉你，这就等于违背了规则。这事只能靠你自己。"

如果真如钟念所言，自己在结婚之后移情别恋，那他是渣男无疑。如今，上天再给他一次重新选择的机会，他还能够选对吗？

在记忆被删除的前提下，从两个人里选出自己真正的妻子，钟思民觉得这是一道难题，他只能在日记里寻找妻子的蛛丝马迹。

他发现，日记里的妻子温柔体贴，几乎很少发火。将叶新冉和谢晓微进行对比，钟思民觉得谢晓微更像是日记里的妻子，因为叶新冉脾气暴躁，总是动不动就生气，这让钟思民对她的印象大打折扣。

日记里的妻子最喜欢的花是雏菊，他特地买了两束雏菊，一束给了叶新冉，她并没有过多的欣喜，只是很客气地说了声谢谢。另一束给了谢晓微，她收到雏菊，笑得眉眼含春。她还回赠了钟思民一份小礼物，一个小熊造型的玩偶，钟思民把这个玩偶带到了公司里，放在自己的办公桌上。

"钟思民，头儿叫我们过去一趟，最近我们公司的地址泄露，还有一部分商业机密也被人窃取了。"叶新冉的出现打断了钟思民的遐想，她看见钟思民桌子上摆放的玩偶，眉头一皱："你这玩意儿在哪里捡的？你以前从来都不喜欢这些长毛的娃娃。"

钟思民愕然地抬起头看着叶新冉，为什么她知道自己不喜欢这种玩偶？

"怎么了？"叶新冉感觉到钟思民有些不对劲。

钟思民没有回答，只说："走吧。"

就在他们走出房间的那一刻，桌上的小玩偶像是活了过来，从桌子上掉下来，摇摇晃晃地走出了房间。

会议室内，老板大发雷霆。"我们公司的系统被人攻破了，有一部分机密文件被人窃取，我希望你们最近在工作时能更加谨慎。"

在场的员工都不敢吭声，埋头等着受训。

钟思民因为在思考自己的事情，对老板的话听而不闻。

"钟思民——钟思民！"

钟思民抬起头看见老板正怒目瞪着自己。

"你最近一直魂不守舍，我之前就说过，不管你们是因为什么变成现在这副样子。但是工作始终是工作，如果你的工作出现纰漏，那只能卷铺盖走人，虽然你对我们公司的贡献的确很大，可是你最近头脑有些不太够用，我想你应该需要休息。要不要我给你放一辈子长假？"

面对老板的责骂，钟思民立即道歉："对不起，我会改正。"

会议结束，钟思民走出房间，感觉自己有些体力不支，幸亏被人及时扶住，他才没有倒在地上。

紧接着，手机响了，是一条短信。

钟先生，你好，我们这里是"真爱测试"公司，明天早上十点钟，我们会派人来接你，由你到现场挑选出你的妻子，结算此次订单。

第二天早上十点，钟思民跟随着"真爱测试"公司的工作人员到达现场。在一间雪白的房间里，有一个巨大的显示屏，上面写着："请选对你的命中之人。"

叶新冉和谢晓微，两人一左一右地站在台上，注视着钟思民。

"请问，钟先生你现在能够确定谁是你真正的妻子了吗？"工作人员提醒道，"如果你已经选定，请走过去牵住她的手。如果选错了，按照之前签订的协议，钟先生你的财产会自动转移到我们的账户中，到时你将一无所有。"

话音刚落，钟思民毫不犹豫地朝着谢晓微走去，与此同时谢晓微露出胜利的微笑："思民，我就知道你会选我。"

"谢小姐，我想问你一个问题。"

"你问。"

钟思民想了想，问："你喜欢吃酸菜粉丝包子吗？"

谢晓微反问："这很重要吗？"

"你只需要回答我。"

谢晓微说："不喜欢。"

钟思民点点头："我知道了。那你很喜欢毛茸茸的玩偶？"

"是。"

"但是我不喜欢，小时候我被狗咬过，一直对狗和长毛的东西有所畏惧。"钟思民说，"你不是我的妻子，虽然你一直在努力伪装，几乎与我日记里记录的妻子一模一样，可是我知道你不是。虽然我的记忆被人删除，忘记了关于妻子的一切。可是有一样东西，是没有办法改变的。"

谢晓微问："是什么？我明明更温柔体贴，比她更适合你，为什么你不相信我？"

钟思民说："你确实与我日记里记录的妻子一模一样，可是你有一个最大的破绽。那就是我脑子里的记忆被删除了，可是你和叶新冉脑子里的记忆并没有被删除啊。"

"假如你是我的妻子，你那天根本不会找借口问我要手机号，作为一个合格的妻子，她会记不住丈夫的手机号？"

谢晓微被拆穿面色大变。

叶新冉忍不住笑了："谢晓微你输了。在做这场测试之前，我说过他即便是失忆，还是会选择我，现在我赢了。"

"是吗？可我并不认为我输了。"谢晓微扬唇一笑，"我介入你们二人的感情，破坏你们的婚姻，最初的目的根本不是让你们参加'真爱测试'，我只是想窃取你们公司的机密而已。现在文件到手了，你们恩爱与否，对我来说根本没有那么重要。"

钟思民震惊道："竟然是你偷走了我们公司的资料，你根本没有进入我们公司，你是怎么偷走的？"

谢晓微得意地说："我送给你的玩偶并不是什么简单的玩具，我可以远程操控它，它现在已经把你们公司内部的资料全部拷贝，传送给我。"

"你是商业间谍？"钟思民做梦都没有想到，这个看似善良温柔的女人，从他们见面的第一天起就已经给他设置了陷阱。

"是啊！"谢晓微说，"你们可以猜猜看，你们这对夫妻为了完成'真爱测试'，导致公司内部机密被窃，这被你们的老板知道了，他会怎么处置你们？"

叶新冉突然鼓起掌来："谢晓微，你的头脑只有在勾引男人的时候才能发挥出最大的作用。"

"承让，承让。"谢晓微说，"我更觉得那是我的个人魅力，而你却没有这种魅力。"

叶新冉直言："你当真以为我们公司的人会这么傻，把机密文件交给失忆的钟思民？早在我们进行这场测试之前，我就已经替换掉了他电脑里的所有资料。你拿到手的资料都是假的。我们只不过是为了配合你完成这一场表演而已。"

谢晓微怔住："你说什么？"

"近两年来，许多公司的机密文件都被人窃取，我们早就做好了防范。我已查过，这些被窃取的对象，大多都是有妇之夫，这些有妇之夫都会去参与一场'真爱测试'，测试结束之后，他们的名利都会遭到损失，很多人从此一蹶不振。"

叶新冉说："当钟思民要我参加这场测试时，我就知道我的机会来了，可以抓住你这个商业间谍了。"

谢晓微问:"你就不怕,钟思民的记忆被删除之后,他会选择我吗?对我言听计从,被我偷走一切。"

叶新冉微笑:"我当然怕啊,他脑子里的记忆被删除,我还得配合他,从家里搬出去。这样看来我根本没有一点儿胜算,毕竟你长得这么美,哪个男人能不对你动心。只不过——"叶新冉故意停顿了一下,"我还有一个孙子呢,他可以帮我左右钟思民的思想。"

钟思民和谢晓微十分吃惊:"孙子?"

叶新冉不愿在这个话题上多说:"跟你说了,你也不会信。我孙子已经十七岁了,他长得和钟思民差不多,如果这会儿他在现场,你还能听他叫你一声谢奶奶。"

谢晓微实在没想到叶新冉嘴巴如此尖利,钟思民看见谢晓微吃瘪的样子,忍不住笑出了声。

他的妻子啊,还真是牙尖嘴利啊!

"对了,在来的路上,我已经报警了,你窃取了这么多的商业机密,有许多人都想抓住你。这次你逃不掉了。"叶新冉笑眯眯地走过去牵住钟思民的手。"老公,我们回家吧。"

钟思民愣愣点头,十指紧扣的那一瞬间,他感觉自己的记忆失而复得,记忆里的叶新冉本来就是个脾气不好的姑娘,然而正因如此,他觉得她十分真实。

以前,叶新冉总说:"老公,我对你是不是太坏了,我不懂温柔不懂体贴。"

钟思民笑:"那我把你变得完美一点儿?"

"怎么变完美啊?"

"我为你写一本日记吧,名字就是《我的完美妻子》,在那里面你很温柔很体贴,善解人意,美貌大方,你拥有无数的优点,让我沉迷。"

"你太肉麻了。"

"这怎么能叫肉麻,我的眼里为你自带滤镜,我的妻子是天下最好的妻子。"

回想完这些,钟思民将叶新冉的手握得更紧了。

走出"真爱测试"公司,钟思民小声问道:"新冉,你也看见了我们未来的孙子钟念吗?"

叶新冉抿唇一笑:"钟念就是我假扮的,当初害怕你真的选择那个女人,我故意弄了一个虚假的投影,每天晚上九点到十点,我就可以通过这个'钟念'与你对话。"

"可是,他真的知道未来的事情啊,他还提醒了我,记得躲避花盆,难道你知道我会被花盆砸中?"

叶新冉敲了一下钟思民的头:"你是傻子啊,我能够监视你,自然也能够监视那个女人。我早就听见她跟另一个人商量,她会用花盆砸你,引起你的注意。"

"原来是这样啊。"

钟思民忽然想到另一个问题,假如真的如叶新冉所说,钟念是她制造的虚假投影,那为什么他家里的日记本会消失?

难道……

钟念是真的存在,就连叶新冉也不知道?

这么一想,钟思民的头皮有些发麻,也许冥冥之中,他的人生轨迹真的被钟念修改了。

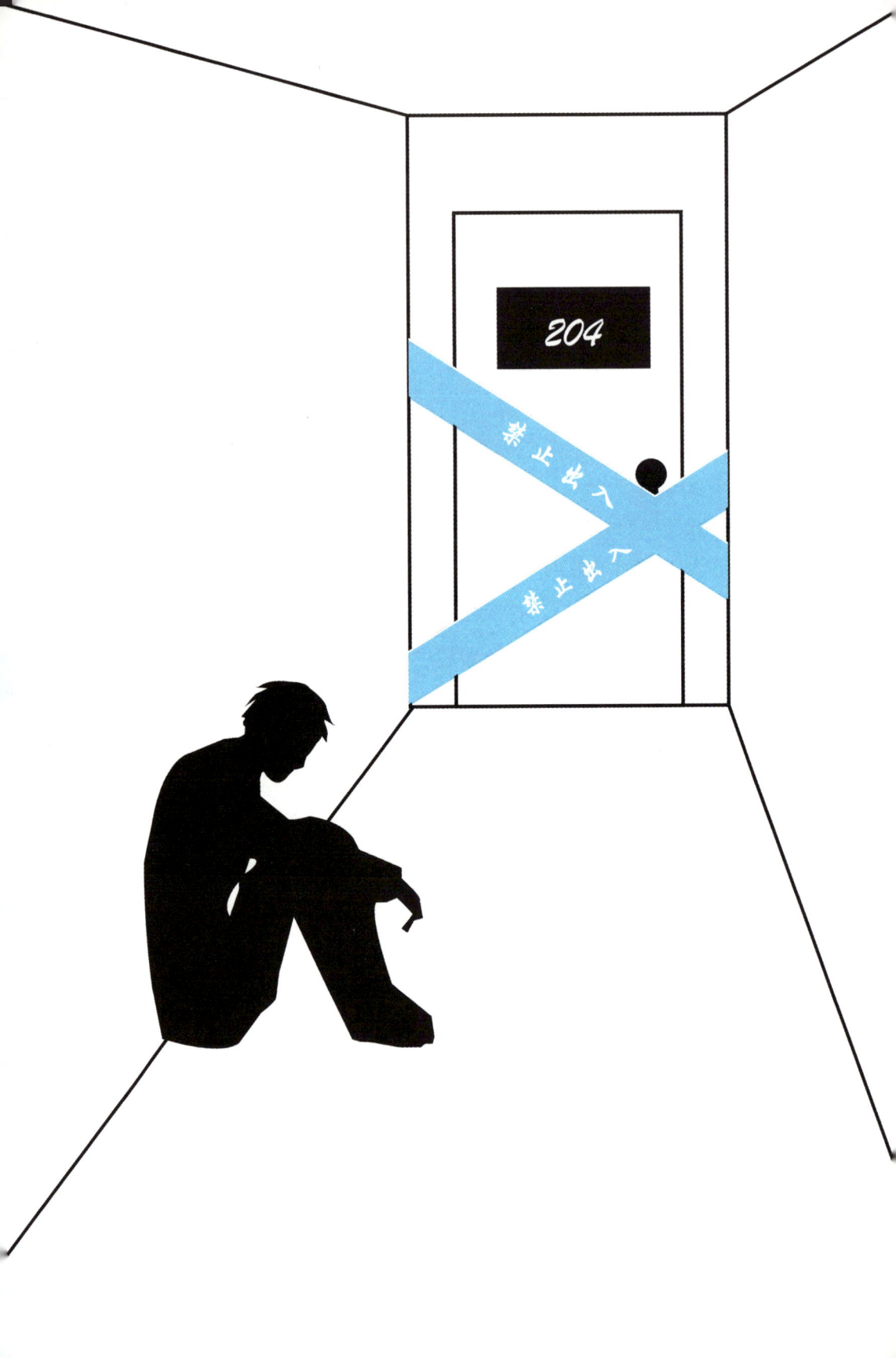

CHAPTER

13

七人岛

又或者,这个冷漠的刽子手就住在自己心中?
唯有温暖,可以融化它。

9月22日,这是卫笛安被困在这间怪屋里的第二天。

他最终还是打开了房间里藏着的那瓶矿泉水,喝了一口。一夜的饥饿让他头晕眼花,抓起桌上的半个面包,面包是昨天吃剩的,要是按照以前,他肯定不会故意剩下半个面包,一定会全部吃光。

可是现在,这种情况不一样。卫笛安被人关在一间三层楼高的怪屋里,这间怪屋的大门被封,四面没有窗户,每个房间只有一个20厘米高的通风口,成年人是没有办法爬出去的。那个幕后人就是想把他们困在这里!

卫笛安盯着桌上的邀请函,那上面的文字更加讽刺。

"卫笛安先生,你好。我邀请你来这里参加七人岛活动,储物箱里的食物只供吃两天,两天之后你们需要自己想办法。那么,我先祝你游戏愉快,顺利通关。哦,对了,我有必要提醒你们一句,脖子上的金属环,蓝色的光代表正常,红色的光则代表大凶。你们最好别想取下它,也别想着逃跑哦。"

在邀请函的背后写着:这里是图南岛,四面环海,如果想要跳海一搏,那就试试吧。

邀请函的右下角还有一串数字:3242211。

经过昨天的了解,卫笛安画了一张平面图,屋子一共三层楼,一楼是客厅和一间简易的厕所。

二楼住着的人分别是201的记者许微微、202的司机马诚实、203的富二代申浓以及204卫笛安。

三楼则是301大学生舒小明,302上班族谭一丽,303法医步汀。

写完这些,卫笛安在301舒小明的名字上画了一个鲜红的叉,代表他已死亡。

舒小明的死亡是其他六个人有目共睹的,当时他们用手里的数字依次尝试了储物柜的密码,已输错三次密码,如果再输错一次就无法得到食物,大家会继续挨饿。

经过法医步汀的推断，密码是记者许微微手里的数字，其原因是所有人的密码都是324开头，只有许微微的是325。

大家投票一致，选择用这组数字尝试，果然成功了。

舒小明因为饥饿抢走了柜子里所有的食物，企图吃独食，在大家一拥而上的争夺中，舒小明死了。

他脖子上项圈的蓝色光，变成了红色。

冰冷的机械音在屋内响起："玩家舒小明死亡。"

卫笛安回忆完这些，只觉得心惊肉跳，在一天的时间里，他经历了被人囚禁，参与奇怪的游戏，目睹一群人为了抢夺食物，无意中碰到舒小明的项圈，导致舒小明死亡。

七人岛的活动，刚一开始就只剩下了六个人。

他们瓜分了储物柜里的食物，一共有十二个拳头大小的面包，屋子里六个人刚好够分。水却只有两瓶，按照男女组划分，三个男生喝一瓶，三个女生喝一瓶。

分完食物后，谭一丽感慨了一句："我怎么感觉，他死了，咱们刚刚够分。"

那一瞬间，卫笛安下意识地往后退了两步，他不敢距离申浓太近，因为在争夺食物的过程中，他好像看见申浓用手去扯过舒小明脖子上的项圈。在这生死存亡的时候，卫笛安忍不住把每个人都想到最坏。

或许，舒小明的死亡并不是意外，而是有人刻意谋害他。目的就是减少一个人瓜分食物！

当时舒小明抢夺食物是出于饥饿的本能，他是最先被关在这个怪屋的人，已经被关了三天了，一看见食物就像是恶鬼扑食，想霸占所有的面包和水。

咚咚咚——

一阵敲门声，卫笛安心底一惊。

"谁啊？"

"是我，203申浓。"

这让卫笛安更加恐惧，他迅速把那瓶多出来的矿泉水藏进了床底。一定不能让大家知道，他屋子里多了一瓶矿泉水。

"步汀女士说我们需要开个会，选出第二组密码，打开今天的储物柜取出食物。你赶紧到一楼大厅。"

卫笛安应声说："好，我知道了。"

一楼大厅，摆放着一张老式长方形大桌，以及七只板凳，现在已有六人入座。男生坐一组，女生坐一组。

卫笛安下意识地看了一眼楼上，昨天舒小明死后，他们就把他的尸体关在了舒小明自己的房间，这也是为了防止尸臭味散发。

看见大家都到齐了，短发女法医步汀开始发表自己的看法。

"长话短说，今天我组织这个会议的目的有两个，一是说出我们为什么会被关在这里，二是我们必须得找出今天的密码，只有两次机会，错过了，我们今天不能吃饭，也许以后都不能吃饭。"

众人的目光都聚集在法医步汀身上，她就像是一针镇静剂，昨天她拿出自己的证件证明自己的身份后，大家便对她产生了信任。她也依靠自己的智慧找出了密码，打开了储物柜。

步汀说："昨天的密码是许微微的3250927。我们每个人的密码开头三位数都是324，只有她是325。"

"那到现在你们有没有想明白，为什么游戏主办方要给我们设置324和325？"

司机马诚实举起手说："我知道，你说过324和325都是日期，它代表3月24日和3月25日。只不过我还是没想明白，你怎么知道那代表日期，而不是代表其他的？"

"很简单。"

步汀直视着众人说：“今年3月25日，身为记者的许微微曾在微博上发布了一条新闻，引起了许多人的注意。新闻的内容是有一位女生在酒吧里当众脱衣，视频拍摄者是舒小明，那天是3月24日，我相信你们应该都看过那条热搜。”

闻言，六个人纷纷抬起头，神色骇然。

"舒小明的密码我记得很清楚，昨天我已经把每个人的密码写下来了。按照时间顺序，他是第一，所以他是第一个被关入房间的人。接下来则是卫笛安、马诚实、申浓、谭一丽、许微微。"

步汀说着，将一张纸拿出来，上面写着每个人的密码。

步汀：3242047

舒小明：3242202

卫笛安：3242211

马诚实：3242240

申浓：3242303

谭一丽：3242303

许微微：3250927

"324可以理解为3月24日，那后面的数字就是时间22：02。"步汀指着舒小明的名字说，"这是舒小明拍摄视频发布微博的时间。"

"原来如此。"许微微说，"昨天你不让申浓和谭一丽输入密码，是因为他们密码是一样的，3月24日23：03，他们俩在一起。"

说着，大家都看向申浓和谭一丽，卫笛安瞥见了他们手上戴着的情侣尾戒。

"你们是情侣？"

谭一丽眼眶微红，刚想说话就被申浓打断了："曾经是，在那天晚上我们就已经分手了。"

说着，他将手上的情侣尾戒取下来，扔进了垃圾桶。

众人唏嘘。

"相信到这里大家也应该看明白了,我现在需要你们回想3月24日的那天晚上,每个人都在做什么。"

步汀提醒道:"我知道现在距离3月24日已经过去了六个月,大家的记忆肯定会有缺失。所以,我们需要围绕着许微微发表的那条新闻来想,新闻里的女生叫言珍,3月24日她去参加了朋友的聚会,在酒吧里。之后因为那条热搜,她当众脱衣,被人拍成视频发布在网上,遭受无数人谩骂,因为事实被人颠倒,她不堪侮辱,最终被逼无奈选择……"

许微微忍不住插嘴道:"那只是一个小新闻,我真的没有想到会变成那样。"

步汀冷眼一瞪:"小新闻?一个女生晚上遭遇危险,向众人呼救,那么多人不管不问,最后女生被逼得走投无路。对你来说只是一个小新闻?你这个记者就是这么当的吗?"

许微微被说得哑口无言,只好认错:"是我错了,我不该那么编写。"

沉默许久后,步汀说:"现在大家开始回忆吧,我会把你们说的记录下来,当然我那天的见闻也会告诉你们。"

大约半个小时过去了,步汀将大家所说的总结在了一张纸上。

"3月24日22:02,舒小明拍下视频发微博,视频里的女生叫言珍,她在当天晚上陪朋友在酒吧过生日,却被人灌醉,被迫做了许多不雅的事。大家都在看她出糗,没有一个人帮她。"

"22:09言珍挣扎逃走,跑上街头。卫笛安看见了并没有帮她。"

读到这里时,卫笛安愧疚地垂下了头。

"22:40言珍被小混混欺负,手臂受伤逃走,遇见司机马诚实,马诚实因为看见言珍身上有血,不愿意载言珍。"

马诚实叹了口气:"我当时急着回家,真的没想那么多……"

"23:03言珍死里逃生遇见了申浓和谭一丽,这两个人在闹分手,没有对言珍伸出援手。"

"然后就到了3月25日,身为记者的许微微采访言珍,言辞不当,激怒了言珍。最后,言珍感觉那条视频毁了自己一生,被逼走投无路选择……"

许微微愧疚地说:"我真的不知道,如果我知道我肯定不会那么做。我不是故意要逼她。"

"不管你们开始抱着什么样的目的,总之在最后大家都没有帮助她,所以才会有此下场。"步汀说。

申浓忽然发问:"那你呢,你在这场游戏里又扮演着什么?你把我们每个人都分析得头头是道,那你在3月24日那天晚上,你做了什么?"

步汀被这句话问住了,3月24日的那天晚上,她在酒吧里目睹了一切,却因为某些原因,她没有帮助言珍,让言珍一步步走到了这样的结局。

"我也有罪。"步汀垂头忏悔。

"我现在只想认真地道歉,如果幕后人是想让我们道歉,那我愿意在这里忏悔。"

许微微也跟着忏悔:"我也愿意认罪,是不是认罪就可以离开这里?我承认我做错了,是我对不起那个女孩,我不该为了钱,颠倒是非黑白。"

谭一丽也扛不住压力说道:"我那天应该帮她,她年纪看起来比我还小……"

接二连三的认错声响起。

机械音提示:"恭喜大家熬到现在,可以享用今天的食物了。目前存活六人。你们有没有想出今天的密码呢?"

屋内的六人,你看看我,我看看你。他们讨论了这么久,却仍然不知道谁的密码才是正确的。

"让我来试试吧,昨天的密码是最后进入房间的许微微。再加上第一个进入房间的舒小明,他的密码已经被他自己用过了,目的是打开自己房间的储物柜。"

步汀说:"按照时间顺序,我是3月24日最先看见言珍的人。那个时候我目睹她被人下药,却没有阻止。"

马诚实惊叫:"你竟然不帮她,你可是法医!"

步汀有些尴尬地说:"昨天我说自己是法医是为了让你们镇定,其实我拿出来的证件只是一个游戏牌。"

"你这个女人竟然如此荒谬,亏我们还把你说的当真!"

不满的声音越来越多,从一开始的信任变成猜忌。

申浓冷笑道:"我怎么知道你的密码是不是对的,如果错了,那我们还剩下一次机会。不然,我们今天就没饭吃,我已经快饿晕了!"

"总得试一试吧?"卫笛安忍不住说。

步汀感激地看了一眼卫笛安,在这三个男生里只有他最冷静。

"那我们投票吧。"

最终,步汀以三票获胜。她投了自己一票,卫笛安和许微微也各投了一票给她。

"你们这些女人真是愚蠢,万一她错了,我们大家都得挨饿。"申浓骂道。

许微微冷声回复:"那你有什么更好的办法吗,游手好闲的申公子!"

申浓无奈地闭嘴:"不与女人和小人计较。"

步汀走上前,将密码输入二号储物柜,打开储物柜的那一刻在场所有人都惊呆了!

里面只有三个小面包,半瓶水。

食物被减少了一大半!

机械音再度响起:"对不起,由于资金欠缺,食物减半。"

申浓骂道:"浑蛋!畜生!再这样下去,我们迟早会被饿死。"

马诚实附和道:"对啊,要是再这样下去,我们都没有办法撑到那一天。鬼知道接下来还会不会继续死人。"

"要是我们能够从这里出去就好了，外面是海，我们可以去抓捕海里的鱼虾，也不至于饿死……"

"现在水也快没有了，人没有水，根本不行啊！"

说到水，卫笛安警惕地看着众人，他害怕大家知道他房间里多了一瓶水，那瓶水如果节约一点儿，足够他喝三天，他并不想拿出来分享。

经过商议后，六个人平分三个小面包和半瓶水。

"大家还真是团结呢。"机械音说，"在这里有必要提醒一句，你们当中有些人的房间里藏了水和食物，可是至今没有同伴愿意说出来，看来他们并不想拿出来分享。"

这句话像是一块巨石，砸得平静的湖面激起巨大的浪花，六人面面相觑，都在摇头撇清关系："我房间里什么都没有，那个人在说谎，你们千万别信。"

为了证明彼此没有撒谎，他们开始搜索房间，那一刻卫笛安的心情紧张到了极点。他怕那瓶水被人发现，更怕被众人指责，同时他也在猜测谁的房间里藏着食物。

半个小时的地毯式搜索，最终一无所获，每个人的房间都空空如也，没有发现水和食物。

卫笛安松了一口气，他把水藏得很隐蔽，没有人发现。

"如果那天我们帮了言珍，我们就不会被困在这里。"马诚实叹气道。

申浓却说："比起我们不给帮助，言珍的朋友岂不是罪加一等！"

机械音说："友情提示，之前就已有七个人入住这里，他们就在其中哦。不过，一个都没有存活。"

闻言，众人惊恐地瞪大双眼。

这天晚上，所有人都彻夜难眠。

"你们快出来,又有人死了!"

叫声惊醒了还在睡梦中的卫笛安,他冲出房间看见202的房门大开,马诚实的尸体躺在门边。

发现尸体的人正是隔壁房201的许微微。

"我刚才起来上厕所,看见马诚实的门开着,就多看了一眼,然后发现他已经死了。"许微微惊魂未定地说,"他脖子上的项圈已经变成红光。"

五个人都看着马诚实的尸体,在他的右手边放着一瓶矿泉水。

申浓骂道:"这个人竟然偷偷藏水,吃独食活该!"

正在这时,屋子内的提示音又响了:"友情提示,马诚实是中毒身亡,那瓶水有毒。"

许微微不寒而栗,"如果当时他把水拿出来,我们每个人都喝了,也许我们每个人都会死?"

闻言,卫笛安差点儿想吐,他想把昨天偷喝的水都吐出来。

"你怎么了?"

卫笛安底气不足地说:"我有些不太舒服。"

"哦,你不会也喝了水吧?"申浓奇怪地瞥了他一眼。

卫笛安脸色惶恐:"没,我没有水。"

话音刚落,那古怪的声音又来了:"忘记告诉大家,从你们入住的第一晚,我就给大家分发了任务牌。步汀的任务是扮演法医,她完成了任务,取得了大家的信任,接下来还有一个角色,就是凶手。你们可以开动脑筋想一想,舒小明和马诚实的死真的是意外吗?"

"我给你们增加一个有趣的项目,在中午十二点之前,你们选出凶手。选对了,你们可以得到今天的食物;选错了,你们今天将失去食物,只有等到明天才有机会再次获得食物,并且在这期间凶手还会继续作案。"

言毕，每个人的脸色都变得十分恐惧，他们竟然和凶手同处一室！

谭一丽瑟瑟发抖地说："这会不会是凶手设的圈套，其实根本没有凶手，他想让我们自相残杀？"

申浓横了她一眼："可是现在还差一个小时就到十二点，你们难道不想吃饭吗？"

"想吃饭就必须投票，如果投错了，我们就是残害伙伴的刽子手。"步汀失去了以往的冷静，她也很担心这是凶手的阴谋。

时间一分一秒地逼近，每个人的心里如同击鼓。

"我真的不知道投谁。"谭一丽委屈地说，"我感觉投谁都不好，要不我投我自己吧？"

申浓冷言："你这女人就是脑子有坑，回头大家都投你，你不就得死了？"

谭一丽被申浓吼了一声，就更想哭了。

申浓忽然说："我投许微微，要不是这个女人的新闻报道，也不会害死言珍，我们更不会被关在这里！"

谭一丽颤抖地说："那我也跟着申浓投许微微，我觉得这位记者很奇怪，女人的直觉。"

"狗屁直觉，你别想诬赖我，你们俩是一丘之貉！"许微微极其愤怒，"我投申浓，我感觉这个人一直都不对劲，从一开始就没把人命放在眼里。舒小明死的那天，我看见是他的手抓住舒小明的项圈。"

正在这时，卫笛安也似想起什么跟着许微微说："对，那天我也看见了。是申浓抓住舒小明的项圈，他肯定是想减少一个人和我们瓜分食物。"

一下子，许微微和申浓都获得了两票。

步汀的票成为最关键的一票。

"我放弃投票，我不想随便选一个人做凶手。"步汀无力垂头，她谁都不想投，"我感觉我们罪不至死。"

机械音笑道："企图用平票来保护同伴吗？那不可能哦，如果你不投票，我会马上启动你的项圈设备。"

步汀大声吼道："那我投给我自己！"

"那他们还是平票了，两个人都得被你们推上去。"

许微微和申浓齐齐看向步汀："不要投我，我不是凶手。"

眼见着时间越来越近，步汀的压力越来越大，最终在两个人的项圈同时亮起红光时，步汀的手指向了……

"申浓。"

申浓脖子上的红光越来越亮，他的表情变得有些扭曲，他痛苦地跪在地上。

"真的不是我……我只是无意中碰到了他的项圈。"

叮——警报响起，申浓倒在地上死亡。

"凶手不是申浓，你们将无法获得今天的食物。"

众人脸色一片惨白，谭一丽跪在地上哭了起来。

死亡的阴影笼罩着每一个人，凶手不是申浓，那就意味着凶手还在他们中间。

在怪屋里的第三个夜晚，卫笛安失眠了，他时刻担心自己所藏的水里有毒，也担心凶手会再对自己下杀手。以及今天早上，幕后人的提示让他心惊胆战，一开始幕后人说马诚实死于中毒，其原因在于水，幕后人又让大家找出害死舒小明和马诚实的凶手。

那是不是证明，马诚实的那一瓶水并不是自己的，而是有人送给他的？送水给他的人，就是杀人凶手？

一想到这里，卫笛安打了一个寒战。他忽然想到，幕后人隐藏了两瓶水在房间里，一瓶水在自己手上，另一瓶水在凶手手里，凶手靠这瓶水去害死马诚实，接下来他又会用什么办法去害死下一个人？

是不是只要全部人死亡，凶手就可以作为游戏的胜利者离开这所房子？

想到这里，卫笛安忽然觉得肚子有点儿疼，他想去厕所，打开门穿过走廊到一楼，看见储物柜旁边站着一个人，他被吓了一跳。

"谭小姐？"

谭一丽紧张地转过身："卫先生，你吓死我了。"

卫笛安问："你在这里干什么呢？"

"我来看看这个密码有没有用啊，我想试试。"谭一丽说，"这是昨天申浓塞给我的密码，我就知道他还是爱我的，可是没想到今天白天会发生这种事情……"

卫笛安吃惊地看着那张密码条："这是他给你的？"

谭一丽点点头："他说这个密码可以打开储物柜，必须要晚上来开，里面有小面包。我太饿了，所以忍不住来看看。"

谭一丽忽然问："卫先生，你要吃吗？我们一起打开看看吧？"

说着谭一丽就将密码输入进去，打开了储物柜从里面拿出一个小面包。

"他真的没有骗我啊！"谭一丽红着眼睛将小面包分了一半给卫笛安，"卫先生，你吃吗？"

卫笛安因为饥饿接过了半块面包，他一直拿在手上，不敢下口。

"你不会害怕这里面有毒吧？"谭一丽说，"我咬一口给你看看。"

说着，谭一丽吃了好几口，"好香啊，你吃吧，没有毒。"

卫笛安想了想说："我想放着，等明天吃，我怕明天没有食物。"

"随你咯，我先回房睡觉啦。"

早上八点，卫笛安再次被声音吵醒。

"玩家步汀死亡，场上存活三人。"

当剩余的三人聚集在步汀房门前时，所有人都震惊了，这个女人的房间里竟然藏着这么多食物？

许微微发表感慨："看来在生存面前，每个人都是自私的，谁都不想分享自己的食物。"

卫笛安说:"比起这个,我们不是应该找出凶手吗?万一,有人故意拿有毒的食物给她吃?"

幕后人的声音再度传来:"看来卫笛安先生很上道,现在就知道开始追查凶手。不错,步汀女士与马诚实一样,他们都死于中毒。现在,你们需要投票,找出凶手,获得食物。"

"啧,我觉得很难过,现在游戏才进行了三天,你们就已经只剩下三个人,接下来还有那么多天,你们打算怎么办呢?"

谭一丽突然放声大哭:"我活不下去了,我再也受不了了,你们投票给我吧,让我去死。"

卫笛安看着谭一丽心中多了几分怀疑,他忍不住把昨天晚上的疑问说出来:"谭小姐,你昨天晚上的密码条究竟是怎么来的?你为什么能够打开那个柜子,取出食物?"

一语出,两双眼睛死死地盯着谭一丽。

谭一丽却惶恐地说:"卫先生,你在说什么啊?我昨晚上根本没有出过房间!"

卫笛安提高声音说:"不可能,我昨天晚上起来上厕所,看见你站在储物柜面前,难道这个房间里除了你以外,还有第二个谭一丽?"

"我真的没有出去过,卫笛安你在污蔑我!"谭一丽哭着对许微微说,"许记者,你相信我,如果我有密码条,我肯定给你们,可是我真的没有。卫笛安肯定是狗急跳墙,想要污蔑我。"

卫笛安说:"我发誓,许记者我昨天晚上真的看见她了。"

"我也发誓,昨天晚上我在楼梯口,看见你站在储物柜前自言自语。"许微微的眼睛盯着卫笛安,"当时是晚上十一点,我本来想去厕所,结果在楼梯口看见你站在那里,把我吓住了。你一个人在那里站了两分钟,还从储物柜里拿东西。"

卫笛安只觉身子一僵:"我,我怎么可能一个人站在那里?"

那一瞬间,他想起屋子里的那一瓶水,难道他喝了那一瓶水产生了幻觉?

"一定是那瓶水的原因，我产生了幻觉！那水里有药！"

现在他说出这句话已经晚了，谭一丽和许微微对他的怀疑只增不减。

幕后人说："开始投票吧。"

谭一丽和许微微异口同声地说："我投给卫笛安。"

"真的不是我！我只是偷偷藏了一瓶水，我真的没有害人，我真的不知道他们为什么会死……"

卫笛安只觉得自己百口莫辩，眼睁睁地看着审判来临。

"凶手不是卫笛安。"

幕后人说出这句话后，谭一丽和许微微都震惊了，她们互相看着对方。

"凶手到底是谁？"

正在这时，一群人从三楼最后的房间里走出来，他们对着谭一丽和许微微鞠躬。

"谢谢各位的配合，我们终于完成了《七人岛》悬疑综艺节目。"

与此同时，每个房间的死者都苏醒了过来。

"这到底是怎么回事？"七个人面面相觑。

综艺节目的主持人往前走了一步，微笑道："其实3月24日那天发生的事情，是我们的拍摄任务，其目的就是让你们看见言珍受害过程。时隔六个月，我们邀请你们来参加这个节目，就是为了让你们陷入恐惧，找出凶手。"

"你们每个人都配合得十分完美，场外的观众也看得开心。"

七人破口大骂："你们把我们的隐私就这么放在屏幕上播放？"

主持人抿唇一笑："那你们当初不也把言珍的隐私放在网上议论吗？"

闻言，七个人垂下头抱歉地看着主持人身后站着的女生言珍。

"对不起。"

可七个人仍然十分疑惑。

"凶手到底是谁啊?"

主持人盯着摄像头说:"你们认为呢,凶手到底是谁?又或者,每一个见死不救的人都是凶手?人啊,还是不要太冷漠了,你在帮助他人的同时,也是在帮助自己。"

一句话,让所有观看节目的观众都屏住了呼吸。

也许这个节目从一开始就没有凶手,每个人都是在完成任务而已。又或者,这个冷漠的刽子手就住在自己心中?

唯有温暖,可以融化它。

CHAPTER

14

秋灯
剪语

他曾说:"你为我遮风避雨,我又怎会弃你而去?"
到了最后,他为她遮了腥风血雨,却弃她而去。

沽湾口的百姓都知道，十一街凤凰树下，卖雕花豆腐的秋来是宴绣的相公。他们也知道，这二人并未成亲，只因秋来是个傻子。

傻子秋来知道一个天大的秘密——宴绣是妖精。十一街那株凤凰树便是她的真身。

秋来知道这事儿的时候是在三年前，那个时候宴绣还没有现在这般讨厌他。

那时正值初秋，秋来饿极了，便去偷了福广味的包子，结果被老板抓住了一顿死打。宴绣见他有些可怜，便现出妖怪真身吓跑了那群人，救下了半死不活的秋来。

秋来把宴绣当成仙女，非要跟着她回家。到家后，家中的老爷爷看见宴绣身后鼻青脸肿的秋来便怒了，训斥宴绣。

"宴绣，你今天又出去欺负人了？"宴绣柳眉倒竖，杏眸一瞪秋来。

秋来赶紧挥手道："不是，不是的，仙女姐姐没有欺负我。"

爷爷便笑了，捻着胡须，极是慈祥："傻小子，她可不是什么仙女。"

秋来认死理："她，她救我，就是仙女。"

后来，爷爷跟秋来谈了一会儿，发现秋来智力有些缺陷。问名字，他说不知道，问家在哪里，他说没有。"傻小子，今日立秋，你叫秋来如何？"

秋来很听话地点点头，他指着宴绣问爷爷："仙女有名字吗？"

爷爷说："她叫宴绣。"

他转过头去望着她，四目相对，咧嘴一笑："宴绣。"

宴绣一愣，别过头去不再说话。

每日摆摊卖豆腐时，傻子秋来就老老实实坐在旁边看着爷爷雕豆腐。爷爷的手很巧，能把一块豆腐雕出花来，秋来见了觉得十分神奇，极其开心地拿着刀打算也雕出豆腐花。谁知那一刀下去，豆腐没开花，自己的手指就已经开了口。

鲜红的血滴落在白白嫩嫩的豆腐上，他泪眼蒙眬地看着那块豆腐叫了一声："宴绣。"

这红红的血，像极了那日黄昏降临在自己身边的红衣仙女宴绣。

宴绣看见秋来手指受伤,立即替他包扎伤口。她的发丝在秋来的鼻尖飘荡,带着独特的香气,秋来觉得好闻极了,伸出手,握住一缕发丝放在鼻尖。

"我想养你,宴绣。"

宴绣包扎完伤口反应过来,气得小脸微红,背过身去好几天都不搭理秋来。

秋来却觉得那个时候,小脸红红的宴绣真好看呢。

自那日以后,宴绣再也没去过豆腐摊。看不见宴绣,秋来有些着急。他觉得宴绣是真的生气了,所以想要讨好宴绣。

秋来素来是个吃不饱的人,总是爱去买好多吃的。可从这一天起,他再没多花过银两,小心翼翼地将那些银两存了起来,想买花簪送给宴绣。

因吃得少了,白白胖胖的身子也瘦了不少,模样反倒比以前清秀俊朗了。

可惜,好景不长,爷爷死了。

爷爷死的那日,宴绣正在生秋来的气。秋来想讨好宴绣,听爷爷说宴绣喜欢吃一种花糕,可是这种花在山上才会有。于是秋来求着爷爷去山上采花,采花的时候他们遇见了山里的妖怪。

爷爷为了保护他,受了重伤,宴绣赶到的时候爷爷已经晕过去了。

那一巴掌毫无征兆地落在了秋来的脸上。"你给我滚!"

秋来流着泪,从包里掏出一捧花,呜咽道:"爷爷说你喜欢,爷爷说你喜欢……"

宴绣将那一捧花从秋来的手中全部打落,一脚踩上去踩碎成渣,那双可怕的红眼睛盯着秋来,冷冷道:"我做的最后悔的事情是救了你。"

他蹲在地上,流着泪,看着地上再也不能捡起来的花。突然觉得,宴绣好可怕。

可即便宴绣这么可怕,秋来也从未想过要离开她。

直到有一日,他终于有了足够的钱,买了漂亮的花簪,开开心心地跑去宴绣的房间，希望能够得到她的夸赞。当他走到宴绣的房门外却看见，宴绣正紧紧抱着一个人。

从那时，秋来知道了，宴绣需要的既不是雕花豆腐，也不是漂亮花簪。那个被宴绣紧紧抱在怀里，浑身是血的男人，才是她最喜欢的。

秋来本就怕血，看见那男人浑身是血，双腿发软，害怕极了，转身欲逃。

宴绣却叫住了他："傻子，你帮我把他抬上床。"

秋来从不敢违抗宴绣的命令，即便他再怕血，也得硬着头皮将那人抬上床。

可他双手在接触到那个人身体的一瞬间，莫名的痛感从他的手指延伸到整只手臂，秋来松开了手。那个人差点儿从床上摔下来。

宴绣冷声喝道："白给你吃那么多饭，你怎么连这点儿力气都没有？"

秋来委屈地垂下脑袋，他看着自己毫无异样的手指，又看了看床上躺着的那个人。分明就是这个人身上有东西在排斥他，可是他又说不出来那是一种什么感受。

"你还站着干什么，去打盆水来。"秋来被宴绣的声音吓住了，他赶紧跑去厨房端来一盆水。等他将水交给宴绣的时候，宴绣却把他关在了门外。

"宴绣娘子……"秋来站在门外敲门，口齿不清道，"爷……爷爷说，孤男寡女，不可共处一室。"

宴绣在屋内正在帮人疗伤，正是焦头烂额之时，听见秋来这声音自是不悦。头也不抬地大吼："闭嘴。"

"哦。"秋来老老实实地闭嘴，隔着那薄薄的纱窗，他看见宴绣正在认真地帮那个男子疗伤。有那么一刻，秋来想若是能让宴绣这么认真地注视自己，那么此刻要他身受重伤浑身是血，他也乐意至极。

那天夜里，宴绣在房间里守了那男子一夜，秋来亦是在门外守了宴绣一夜。

他不知道为什么自己要在门外坐着，只记得爷爷说过要护宴绣周全。

清晨，一阵冷风吹过，在门口睡觉的秋来打了个激灵，醒来时发现自己的身上

多了一条披风。他拿起披风轻轻一嗅，眉开眼笑，这正是宴绣身上的香味。

秋来满心欢喜，站起身来，推门而入。一室药香扑鼻而来，似是昨夜风大受了风寒，他此刻有些头晕目眩。他扶着墙走向宴绣的床，床上躺着一个男人。

秋来见着那个男人躺在宴绣的床上，想把他拉下来，又担心宴绣会生气。于是，只好走过去帮那男人盖盖被子。

手在接触到男人手臂的那一刻，他被弹开，一屁股坐在了地上。怀里的花簪掉了出来，花簪上的珠子掉了两颗。他赶紧捡起花簪，作势欲打妖怪男。

"你要干什么？"

宴绣从门外跑进来，将他推开。

秋来被吓住了，慌张解释："他打我，他打我……"

宴绣看了一眼床上并无大碍的男子，再转身看着傻子秋来，扬唇一笑："我从前只想你是个傻子，可没想到傻子竟然也会凭空诬陷人。你看他浑身是伤，哪里还有力气来打你？"

秋来向前走了一步，指着那床上的人大声吼道："你起来，你起来啊……"床上的人纹丝未动，那上扬的嘴角像是在嘲笑他。

"他刚才真的打我了，真的。"

"你出去。"宴绣侧身，不再看他，"这间屋子，你以后都别进来。"

秋来被宴绣赶出门外，门关闭的那一刻，秋来的眼睛盯着宴绣。

他问："为什么不信我？"

宴绣没有回答，门嘭的一声关上了。

关上门后，宴绣来到了床边。

床上的那人依旧双眸紧闭，薄唇轻抿，眉微微蹙着，像是在做噩梦。她伸出手，指尖轻轻在那人的眉上划过，似想替他抚平愁眉。

末了，宴绣坐在床边，看着床上的人叹气："他说你打他，我也多想相信。"她收回手，叹息道，"可是，我连你能不能再醒来都不知道。又怎么会信你打他？你受伤了，命都快没了，第一个想到的人是我，我很开心。即便救了你会受到连累，我也愿意。"宴绣说到这里，那双漂亮的眸里蓄满了泪，哽咽道，"所以，修言你一定要醒来啊！"

宴绣遇见修言时，她还未修炼成妖。那个时候，十一街的凤凰树还在修府院子里。修言还是个十五岁的少年，体弱多病，同龄人都不愿和他在一起玩闹。于是，他的性格便孤僻了些，总是喜欢坐在院子里的凤凰树下看书写字。

有一回，他正在凤凰树下小憩却被府中下人吵醒，发现管家正带着三四个家仆准备砍树。

修言便问："管家，何以伐树？"

管家笑了，指着那树道："此树十年不曾开花，老爷见它心烦，便命我砍了当柴烧。"

修言愣了愣，随即看了一眼身后的大树，侧身问管家："不开花便要砍吗？若是它开花，你们便不能砍？"

管家被这问题问得发蒙，只觉得这病秧子是在拿他逗乐。修言伸手拍了拍树身，义正词严地说："管家且放心，你给我一些时间我定要它开花。"

管家又笑了，这到底是未长大的孩子啊。这树的花期根本不在这段时间，这小公子打赌要输了。

"大公子，不是我不愿意跟你打赌，只是这树……"管家好言相劝，谁知修言铁了心，挺着胸脯站在树下，直言："这天下之事，不管成败，我都理应试一试。"

管家拿他没有办法，只好笑着答应，带着那几个仆人离开。

那一年三月，春风刚吹醒府中花草，病秧子修言便提着浇花的水桶来到了凤凰树下。他舀一瓢水一点一点地灌溉，将水小心翼翼地浇满大树的根部，春风吹过，沙子进了眼。

凤凰树的枝叶在他眼中一颤一颤，他揉着眼睛笑道："你在笑我傻吗？"

庭院空空，无一人回应，修言看着那株从不开花的树。

"我会让你开花。"他仰起头，看着树冠道，"你为我遮风避雨，我又怎会弃你而去？"

宴绣笑了，枝叶被风吹动，发出沙沙的笑声。原来，这个病秧子竟知道是她在护他。

宴绣知道，修言是修老爷在外面捡来的孩子。只因修元青四十有二却无一子，故而救了差点儿被别人打死的修言，并收为义子。

修言入府的第二年，修元青的夫人终于为修元青生了一个大胖小子。义子修言自是只有被抛弃的命，他年幼时身患怪病手脚无力被父母遗弃，终于有人愿意收养自己，却再次被遗弃，正因如此他才不忍看仆人砍掉这株凤凰树。

他那么拼命地想把树留下，其实也是为了把自己留下吧。那个时候，修言天真地以为，只要自己能够让此树开花，修老爷一定会对自己刮目相看，等到那时他兴许能够再获宠爱。

直到那日，宴绣瞧见修言为她浇水的手，那掌心里满是伤痕，她方才明白有些事情或许真的不是你努力便可以做到的。自从修老爷老来得子，有了一个大胖小子，修言的地位一落千丈，不管他说什么做什么都是错的。

昨日不知他又犯了什么错，竟被修元青打得浑身是伤。他累倒在凤凰树下，那只染血的手抚摸着大树根，血和着泪一同流进了凤凰树中。

"宴绣，我错了吗？"

"我想不再被人遗弃，我想让人都记得我，我错了吗？"

"他让我滚，说我不配待在这里……当初是他把我接到这里，也是他要把我变成高高在上的修家公子。如今却跟我说我不配……"他趴在树下放声大笑，"我不配，那个傻子就配了吗？我读了那么多书为他修家增了那么多光彩，却比不上他的那个傻儿子！"

"如果是这样，那我又何必辛辛苦苦地做聪明人呢？"

宴绣在树身里，看着那些血和泪流进树里，只觉滚烫得要命。她能够感受得到，修言生了重病，如果她再不去找人来救他，也许他就要死在这里。

那天夜里，宴绣终于冲破了树身的枷锁。火红之花开满一树，起夜的仆人看见了盛开的凤凰树，以为这株树着火了，赶紧叫人来泼水救火。等到他们终于赶到庭院来时才发现凤凰树下奄奄一息的修言。

许是念在尚有一丝亲情，修元青赶紧叫来了最好的郎中为修言看病。三日之后，修言大病初愈，修元青依旧不顾旧情赶他出府。修言笑着离开了，一句话也没有说。

宴绣站在庭中，看着他落魄的背影。

入夜，修府厨房走水，火光冲天，火势瞬间蔓延整个府邸。宴绣这才明白，这火是修言放的，他得不到的东西，别人也别想得到。

修言跟跟跄跄来到凤凰树下，宴绣终是忍不住化出人形。

"你终于肯见我了。"

他早就知道这棵树已经具备人的意识，可是这棵树里的小妖精从不肯露面。故而，临走之前他要拼尽全部力量见她一面。

此刻，宴绣红衣似火，眉目如画，一双秋瞳带着盈盈粉泪望着修言被火烧伤的右脸。修言淡淡一笑，伸出手，轻轻抚摸着宴绣的脸颊。

"宴绣，你比我想象之中更美。"

突然一道天雷劈下，修言将宴绣紧紧抱住。宴绣看着那道天雷分明是劈在了他的背上，人是不可能被天雷劈中，除非修言也是渡劫的妖！片刻之后，修言松开手。宴绣看见，修言身后的那片火海里走出两个人影，一白一黑，一男一女，不是无常，却比无常更为可怕。

那对男女对着修言笑道："你倒真是煞费苦心，躲了我们这么久。"随后，黑衣女子冷冷看向修言身侧的宴绣，"我倒说这人间什么也没有，你却如此喜欢，原来是为了她啊！"

此言一出，宴绣这才明白修言真的不是凡人。她听了那女人的话，白皙的脸有些泛红，女人说修言来凡间是为了她？

所以，从一开始修言就已经看破，凤凰树里住着一个小妖精吗？

那白衣男子嫣然一笑，兰花指一跷，指着宴绣道："倒真是好雅兴，这一道天雷本该是她承受的。你却替她硬扛了，也不知人家会不会谢谢你呢。"

宴绣错愕地看向修言，修言淡笑："我知你现在不会说话，等我回来，等我回来你想对我说多少都成。"

宴绣呆呆地点头，眼睁睁地看着修言被那两个怪人带走。

而后，她当真在此等了修言十年。直到院子里一息尚存的松柏爷爷告诉她："小丫头，此人所言万万不可信啊。"

她不明白。

"那人是魔君之子，并非我等小妖所能高攀的。"

宴绣并不知魔君之子是何等身份，只知道修言曾说：这天下之事，不管成败，我都理应试试。十年间，爷爷对宴绣的痴情不管如何嘲笑，她都坚定不移。只因她信，她的修言决不食言。哪怕是死，他也不会食言。

只是，爷爷并不知道修言会想尽一切办法和她取得联系。她总是能够收到修言从远方寄来的信，也能够收到修言为她摘来的凤凰花。

直到那日，宴绣终于收到来信，修言要她去救一个人。

她去了福广味馆，瞧见了那个被打得遍体鳞伤的孩子。

那是修言的弟弟，修元青老爷的亲生儿子……

宴绣不知道修府所有的人都死了，为何他还会活着。她从心底讨厌这个傻子，厌恶这个傻子，如果不是他，修言也不会被修老爷打得如此惨。

当她转身欲走的那一瞬间，又想起修言，那年他尚未成为修家公子时，那些人不也是如此欺负他的吗？于是，她趁着四下无人，化出原形，将那群人吓得屁滚尿流地逃了。

那个傻子却跑过来抱住她，咧嘴一笑："仙女，仙女姐姐……"

她扬起的手，终究还是垂了下来。

也许，错不在他。

她等了十年，终于等到修言回来了，即便魔族会派人杀她，也甘愿。可是，任凭宴绣怎么想也想不到，修言重伤初愈后，睁开眼说的第一句话竟是：我要吃他。

秋来吓得立即跑出门，在外面躲了一夜。

宴绣此番找到秋来，自是为了抓他回去供修言享用。她虽不明白修言为何要吃秋来，但是她愿意为他做所有的事。只因，修言把血和泪都给树身做了养分，助她修炼成妖。

"宴绣娘子……宴绣娘子，我不想死。"秋来跪在地上，几近祈求地看着宴绣，"宴绣娘子，我还想保护你，我不想死……"

宴绣弯腰，伸手，扼住秋来的手腕，恶狠狠道："可是如果你不死，他就要死！"

秋来放声大哭。宴绣将他从地上一把抓起，冷冷地看着他："秋来，我觉得我养了你三年已经足够了。当年你爹养修言也不过三年，恩情我已报了。"

"不……我不去……"

宴绣再也受不了秋来的哭号，直接将他打晕，一路拖到小屋门外。却听见里面传来了一声娇笑。

"真不愧是小魔君，竟然用苦肉计去欺骗一个小姑娘。"

宴绣听见这句话后停住脚步，她从门缝处看去。小屋中央坐着重伤初愈的修言，他的身侧站着一男一女，这一男一女正是当年抓走修言的那两个人。宴绣慌了，正欲破门而入，却听见那女子娇笑连连。

"小魔君，你这又是何必呢？你想杀她，直接抓来杀掉不就好了，为什么一定要费尽心力去骗她呢？这些小妖成日里幻想着拥有人间的情情爱爱，你这样做不就摧毁了人家的信仰吗？"

宴绣睁大眼睛看着屋子里坐着的修言，那个曾经为她灌水除虫，风雨不惧，为她讲笑话的修言，为何在此刻变得这般陌生？

他说："信仰这个东西不就是拿来摧毁的吗？我只是帮她看清了这人间的丑恶。我骗她，她理应谢我。"

"哈哈哈哈。"那妖娆女子放声大笑，妩媚的眼睛轻轻一扫修言俊美的脸，娇笑道："那魔君对她所言之爱，几分是真啊？"

"爱是真的，不过我更爱她的妖精内丹。只有得到她的内丹，我的功力才会恢复。"

宴绣再也听不进去，她松开了抓紧秋来的手，转身欲逃。谁知，屋内三个人冲了出来。

"哈哈哈，小魔君你的计划败露了。"女子冷笑看着宴绣，"这个小美人恐怕要记恨你一生一世了。"

修言飞身而出，站在宴绣的身侧，他看也不看宴绣，垂首低声道："那便杀了她吧，省得我继续骗下去。"

那妖娆女子出手狠厉招招致命，宴绣只退不攻，她早已将一半的修为渡给了重伤的修言。再加上，眼前这女子是魔君的人，她就算拼了全命也只有一死。

女子扬唇笑问："小美人儿，你想如何死呢？"

"我想问三个问题。"死到临头，宴绣的双眼里仍对修言充满期待。

"问。"

"十年前在修家，你对我可是真的？"

这一问，修言有些愣了，然后迟疑地点了点头。

宴绣苦涩笑道："那你是否早就知道我藏在树中，故意对我好，让我爱上你？"

即便是刚才她已经偷听到了事实，她还是不甘心，要向修言求证。

果然，修言很缓慢地点了点头。宴绣知道了答案，面色平静地说："我问完了，你杀我吧。"接着闭上眼睛。这时修言说："你还有第三个问题没问。"

"不用问了，我已经知道答案了。"

修言身子一怔，似什么东西扯了一下他的心脏，让那疼痛逐渐加深。

"十年前你对我说，等你回来，我可以跟你说很多很多话，现在我把该说的都说完。"宴绣闭着眼睛，鼻子一阵苦涩的酸意，原来有时候闭上眼睛也没有办法阻止眼泪。她的声音带着哽咽，"修言，我对你已没什么好说的。"

闻言，魔族女使朝着宴绣一剑刺去。

剑即将刺中的那一刻，她说："谢谢，我不后悔喜欢你。"

睁开眼时，宴绣才觉得浑身发冷。秋来替她挡了那致命的一剑。

"秋来！"宴绣慌张地抱住秋来，他身上的血染红了她的衣裳。

秋来却躺在她怀中笑，曾经幻想过自己能够躺在宴绣的怀里，得到她一心一意的照顾，如今他真的如愿以偿了。上天待他，当真不薄。

"宴绣娘子……"秋来吐着血，却依旧咧嘴笑着，"我就说嘛，很痛的……死，真的很痛的，我怕痛……"

"你为什么替我挡剑，你明明怕死怕痛，你真是傻子吗？"宴绣抱着秋来，泪落在了秋来的脸上。

秋来嘿嘿笑了，血止不住地往外流。他伸出染血的手，轻轻抚去宴绣脸上的泪。

"宴绣娘子……比起怕痛，我更怕……我更怕你不在啊。"他说完这句话奋力地从自己怀中掏出那支珍藏许久的花簪，颤颤巍巍地替宴绣插在发髻上。

宴绣的眼泪，滴落在他的嘴角。

他咧嘴一笑："甜的，真美。"

正在这时，宴绣怀中一空，秋来竟被修言抓走。

修言握紧秋来的脖子，沉声笑道："你们这些人可真够烦的，临死之前还要叽叽歪歪一堆。本君已没耐心继续听下去了……"

宴绣还未来得及出手救秋来，修言已一手抓破他的胸腔。刹那间，秋来如烟飘散。一道强光乍现，逼得在场的人都闭上双眼，再睁眼时，只见两道影子重合为一。

宴绣大惊，怒问："你把秋来怎么了？"

修言周身魔气暴涨，扬唇冷笑，侧首，一双嗜血幽瞳看着魔族双使。

"我等这一天已经十年了，你们的命应该给我了。当年你们帮大哥夺位，对我诸多算计，若不是母亲将我藏在人间，我早就死了。"他朗声笑道，"如今大哥死了，你们想除掉我，当我是一条招之来挥之去的狗吗？"

魔族双使面面相觑，似才明白。修言之所以不计前嫌答应跟他们回魔族，是为了报仇。两人正欲出手，修言的手已经直接穿透了他们的心脏……

当他们倒地身亡时，宴绣才想起，她刚才好像看见，秋来和修言的灵魂合二为一了……

修言慢慢擦拭着手上的血，等到双手终于干净了，他才慢慢地朝着宴绣走去。四目相对，他仍是云淡风轻："为什么不继续问完？"

宴绣嘴角微扬，挑衅的弧度："如果我问，你就会回答吗？"

修言侧首，沉声："有时候，真的后悔自己没有早一点儿杀你。"

随后，他从怀里掏出一样东西，丢给宴绣。

"你想要的答案都在这里。"

他背过身去，走出几步，声音低沉："这一次，你不必再等我了。"

宴绣看着修言的背影，一片茫然，还未拦住他的去路，那苍凉的背影就已经消失在茫茫黑夜……

垂首，打开手中画卷。画卷之上一扇窗扉半开，风卷冷雨，窗外一株火红的凤凰树，屋内橘色微光之中，一个身着绛红长裙的清秀女子手执毛笔，白宣纸上只余二字可见——秋来。

拿着画卷的双手微颤，目光所及乃是半首小词：当时心事偷相许，宴罢兰堂肠断处。挑银灯，扃珠户，绣被微寒值秋雨。

这半首词正是当年修言为她取名的那首词，所谓宴绣，亦是修言。

刹那间，泪如断珠，哽咽难语。

这幅画画的是三年前，她教秋来写名时的场景。他竟描绘得如此细致，就连那日她所穿之衣、所梳发髻都如此详细。可唯独，她的身旁没有他……

也许，宴绣再傻，她也能明白。魔君修言与傻子秋来，本就是同一人。

是两个不同的灵魂，一个藏在修言身中，一个做了傻子秋来。

他方才问她为什么不继续问完第三个问题，此刻，这一幅画早已将她心中的疑问回答。

她拿着命去爱修言的同时，殊不知，秋来亦是用命来爱她。

一命换命，一爱换爱。只是，这一次她如何不能再等他呢？

"我都等了你这么多年，再等上个十年百年又有何妨？"

宴绣永远不会知道，当修言从这里走出去后，十一街便再也没有卖豆腐的傻子秋来，再也没有坐在凤凰树下的静默少年。

当年魔族内乱，魔族双使为扶持大公子上位，修言母子惨遭追杀，母亲为了保护他，将他的灵魂分为两半打入凡间，故而身为修言的他体弱多病，身为秋来天生痴傻。若强行将两个灵魂合二为一，他便会永远消失。母亲告诉他，如果食用凤凰树妖的内丹，就能恢复正常且功力大增。

故而，出现在修家，成为修家公子，救下尚未成精的凤凰树，绝非巧合。

他以为自己养宴绣数年，助她为妖，再夺其内丹成为魔族之王一雪前耻，这乃理所当然之事。直到方才，看见魔族女使要杀宴绣，他心中十分不忍，心中的怒意唤醒了傻子秋来。

秋来被杀之时，又出手夺走，强行合体，先一步杀掉魔族双使，实乃无奈之举。他明明可以先服下树妖内丹，在功力大增之后再去杀魔族双使。可他却选了最坏的一条路……

他曾说："你为我遮风避雨，我又怎会弃你而去？"

到了最后，他为她遮了腥风血雨，却弃她而去。

他也曾说："我想养你，宴绣。"

那三年里，他确确实实努力赚钱养了宴绣。

无论修言还是秋来。

他的爱从未骗她，亦没有骗他自己。

这所有的一切都是真的，可他现在却再也没有下一个十年，让她等候了……

CHAPTER

15

补匠·双鹊查

梅花芳香，绕齿温柔，那是他们的爱情留在人世间最香最柔的执念。

一

农历十一月初一，大雪日，午时过后，天空飘起细碎的雪花，我忙将补匠铺子里的火炉生上，橘黄的火光照亮了半间昏暗的屋子。

"应丫头，我的妆奁修好了吗？"

这突如其来的声音吓了我一跳，转过身便见着那穿着蓝色布衣的陈大娘，带着腼腆的笑意看着我。

我平复心情，语气低缓地劝慰道："陈大娘，我爷爷有事儿出去了，可能要晚些时候才能回来。你的双鹊妆奁，可能要等到明后天才能拿到，到时我会亲自送去你家中，不必如此着急。"

陈大娘无力地点点头，用着一向温和的语气跟我说："丫头，你喜欢吃蜡梅糕吗？我家中有一些，要不要我给你拿一些来？"

我尴尬地笑了笑，忽然回想起小时候跟着那群不懂事的小孩子，去陈大娘院子里偷蜡梅的情形。我摘了好多蜡梅花回家，喜滋滋地将蜡梅花插进瓶子里当摆设，爷爷见此将我批评了一顿。

打那以后，我再看见陈大娘家的花，都绕着走。

届时，她竟然问我吃不吃蜡梅糕，我自是避之不及，摇头说："多谢陈大娘美意，只是我不喜甜食，我牙齿不好。"

陈大娘竟十分惋惜地叹了口气："打他离开后，我那一院子的梅花都成了奢侈物，如今竟连蜡梅糕也没人愿意吃。浪费，浪费……"

她接连叹了好几声浪费，叫我心中不是滋味。

眼见着陈大娘即将离开补匠铺，我瞥见窗外的雪似乎更大了。想到她也没带伞，我立即撑着伞追了出去。

"大娘，我想起来了，我有朋友喜欢吃甜食。明天就是她的生日，大娘你可不可以给我一些蜡梅糕，她特别喜欢吃，我可以拿去送给她。"

雪花落在陈大娘的睫毛上，她微微一笑，雪花化开，接着她轻柔地说了一声：

"好嘞。"

那是我第一次觉得，陈大娘是个美人，她的美与皮囊无关，一颦一笑都写满了岁月的温柔。

我笑着说："大娘，我送你回家，顺带取一盒蜡梅糕。"

"好，没问题。"陈大娘说，"我那个院子，已经好久没有人来了，有你去，也能增添一些人气。"

闻言，我心中一酸，早些时候还有很多小孩子不懂事，经常跑去她的院子里折腾她的蜡梅花，路过的妇人也总是嘲笑她是个寡妇。

如今，吵闹之声也没有了，陈家小院是真的冷清了。

"你等我一会儿，我去把炉火灭掉，关上门，再随你一道去。"

说着，我将手中的伞递给了陈大娘，然后转身跑进屋内，灭掉炉火，关上门窗，跟着陈大娘，一起去东桥街。

爷爷从外面回来时，已是第二天下午，他见到桌上摆放的蜡梅糕，知道我去了陈大娘家。

他有些担忧地问："应嘉，陈大娘的病怎么样了？"

我正在厨房里准备晚饭，头也不回地说："还是老样子。"

爷爷说："这次我去外面，特地找到了这种颜料和宝石，可以帮她修补妆奁。只是，这次能不能救好她，我也不知道。"

碧安城的人都知道，应家是天生的补匠世家，他们手中有一门绝活，那就是通过修补别人的贴身器物，帮助这人修改命运。很早以前，这条胡同里有很多修补匠，有些人为了自己的私欲，擅自修改了别人的命数，将人置于死地，因此自己的命数也被消减。

七天前，陈大娘拿着这只双鹊闹春的妆奁找上门来时，我看见她的脸一片惨白，眼底青黑，恐大限将至。再看她手中的妆奁，红漆已掉得不成样子，就连那一对喜鹊也被磨蹭掉了一只，孤零零地看着煞是可怜。

器物与主人的生命有着不可分割的联系，若是修复好妆奁，陈大娘的病也能好一半。

只是这红漆易寻，那只被磨蹭掉的喜鹊却难以复原，喜鹊的眼镜嵌着一颗红色的宝石。据说，这颗宝石来历匪浅，普通人根本没法拿到。为了帮助陈大娘修复妆奁，爷爷去了外城。

我有些好奇地问："爷爷，那宝石你是在什么地方拿到的？"

爷爷说："早些时候，我帮一个书生修复了一支笔，现在他功成名就，府上正好有这种宝石。凭着当年的情谊，我找他求了一颗。"

临近酉时，我将饭菜一一端上桌，爷爷还在窗边的工作台上埋头苦干，修补着陈大娘的妆奁。

我实在不明白，陈大娘甚至付不起钱，爷爷为什么还愿意为这个妆奁费尽心神。我不由得有些怀疑，爷爷是不是喜欢过陈大娘，为何这城中妇女那么多，他唯独只对陈大娘的事情上心？以前还因为我做了错事，带着我去给陈大娘道歉。

"嘉，你先吃，我这里还要一会儿。"爷爷说完，继续慢条斯理地修补梳妆盒。

"爷爷，一个梳妆盒而已，还是吃饭比较重要，你先吃饭吧。一会儿我也可以帮你修补。"

"这哪儿行呢？客人指定我修补，做事情要有始有终嘛。"爷爷是个很固执的老头，我自然争执不过，可是如今他年事已高，比不得从前，再加上近日又受了些风寒。

因为担心他的身体，我忍不住又说："就算是有始有终，也不急于这一时。还是先吃饭吧，爷爷。"

"嘉，其实人生在世每一分钟都不能浪费的。"爷爷抬起头看着我，"我若是不赶快些，兴许再过一天，她就看不见这梳妆盒了。"

我瞪大眼睛看着爷爷，"您的意思是，陈大娘会死吗？"

爷爷叹了口气，算是默认。

我想他定是通过妆奁，看见了陈大娘未来的走向，才会如此着急。可是，爷爷身为补匠，他早已看遍世间生死离别，为什么这次却大为不同？

我忍不住问："爷爷，您为什么对陈大娘的事情如此上心？"

爷爷拿着笔的手，微微一怔，他侧过头看看我，"我知道你这个小丫头心里在想什么，你一定觉得陈大娘在我眼中很独特，所以我才会对她这么好？"

我点头："难道不是吗？"

爷爷笑了笑："其实，我认得这只妆奁的主人，也知道陈大娘所有的过往。"

我惊讶地说："你怎么会认识她？你们之间并无交集啊。"

爷爷每天大门不出二门不迈，他每天都面对着这堆死物，怎么会与陈大娘有交集？

"那是我年轻的时候。"爷爷端详着那只双鹊闹春的妆奁，低声问我，"你知道，我在这只妆奁里看见了什么吗？"

我摇头。

"这只妆奁里，有年轻的陈大娘和她的丈夫。"

我有些茫然。

爷爷说："应嘉，你知道陈大娘院子里种的那些蜡梅花，是谁种的吗？"

"还能有谁，肯定是她自己啊。"

爷爷微微摇头："不是，是姜砚之。"

我十分吃惊，我并不知晓陈大娘年轻时的故事，可我知道这姜砚之在数年前是这碧安城中的名角。

七岁那年，我还和二丫、阿牛他们一同跑去"梅满园"看戏，台上那么多唱戏的人，我唯独喜欢姜砚之一人。不为别的，只为他唱戏最好听，做人最温柔。

有一回看戏结束，忽然下起大雨，我没有带伞，只好在戏园里等着雨停了再走。他在后台卸妆完毕，走出来看见我还在，见我没有伞，便将自己的伞送给了我。

"小丫头，这伞你拿回去吧，我平常都在这园子里，不需要外出。"

我呆呆地看着这个比我高许多的大哥哥，他笑起来很好看，嘴角还有梨涡。

不知怎的，我忽然问："大哥哥你可以送我回家吗？我如果回家晚了，爷爷肯定会骂我，他会觉得是我在外故意逗留。可是实际不是这样，是因为下雨，我才回不了家。"

那个时候我没有想到这是个拙劣的借口。

他听了，露齿一笑："好，我送你回去。"

那一路上，我们都没有说话，走到一株蜡梅花跟前时，他突然停下，怜悯地看着那一地梅花。

我问："大哥哥为什么不走了？"

他说："我想起了一个人，她很喜欢梅花，如果看见花被人这样糟蹋，她肯定会生气。"

我说："那就把这院子买下来啊，这里面有很多梅花，冬天的时候，我们都喜欢来这里摘梅花。这里的主人，好像已经不在了。"

他听了我的话，竟认真地打量着那梅花园，摸着我的头，夸奖道："是个好主意，等我有了钱，就把她接过来，让她做这里的主人。小丫头你到时候来看梅花，她还会做蜡梅糕，你喜欢吃的话，也可以送你。"

我当时很是开心，与他拉钩："一言为定。"

再往后，我回到家后，记忆就变得模糊。

爷爷说："那是因为，你当天高烧，把脑子烧糊涂了。之后，姜砚之就回到以前的老家，娶了陈如葵。"

直至今日，我才从爷爷口中知道陈大娘的全名。

小时候，我常听街坊四邻说，西街的陈寡妇命不好，早些年在烟城克死了第一

任丈夫，紧接着嫁给第二个，谁知道好景不长，丈夫死于食物中毒。再后来，陈寡妇遇见了第三任丈夫，这一任丈夫的年龄比陈如葵还要小八岁。

在当时有许多流言蜚语，许多人骂她不守妇道，所以第三任丈夫也遭了报应。

爷爷叹息道："第三任丈夫就是姜砚之。"

我有些吃惊，难怪陈大娘会居住在那个院子里，成为蜡梅树的主人。

据说，姜砚之死后，陈如葵整日就坐在门槛处，唱着那首《燕归来》。姜砚之身为"梅满园"的名角，最擅长唱的便是这曲《燕归来》。

我有些惊讶："为什么这些事情，我都记不得？"

爷爷说："那个时候你身子虚弱，每天都在家里调养，走得最远的地方就是屋门口，你哪里会清楚外面的事情。"

过了一会儿，爷爷继续说陈大娘和姜砚之的故事。

姜砚之足足比陈大娘小了八岁，他们成婚的那一日姜砚之刚满二十岁。这门婚事说出去，碧安城里的人没有一个人祝福，全都在笑话陈大娘老牛吃嫩草，更有甚者说："陈如葵就是个妖精吧，姜砚之可是戏园里的名角，她究竟使了什么手段把他勾引到手？"

流言蜚语甚是难听，这些话钻进姜砚之耳中，他当场就笑了。

"她什么手段都没有使，是我使尽浑身解数才让她多看了我几眼。是我追求的她。"

陈如葵在旁边听得面红耳赤，内心十分心酸，偷偷抹泪。只因，他们的爱情被世人如此贬毁，全是恶言恶语，没有一个人祝福。

在那段时间里，陈如葵一直不敢出门。一来，这碧安城对于她来说，很陌生，并不是自己的老家。二来，她害怕上街听见那些难听的言论。

说至此处，爷爷叹道："其实他们不知道，这段感情里最先付出的一直都是姜砚之。"

早些年，俞城的陈家还未败落，陈如葵还是高高在上的陈家千金，姜砚之便是陈家收容的一个流浪娃。

姜砚之十一岁那年，陈如葵十九岁。陈如葵心善，对待姜砚之如同亲弟弟，好吃的好穿的都想着他，还特地教姜砚之读书写字，送他进学堂。可是姜砚之始终不愿意叫她一声姐姐。

直到陈家败落，为了还清家中债务，陈如葵被迫嫁人。姜砚之则被卖进戏园，跟着商贩来到碧安城，经由"梅满园"的老板一手培养，成为城内家喻户晓的名角。

他本就生得好看，头脑也比旁人聪明，唱戏一学就会，好似天公怜爱，特地赏赐给他的生活技能。

十六岁时，姜砚之因为受人邀约，回了一趟老家，在戏台上，他看见了观众席里坐着的陈如葵。届时，她已嫁给了第二任丈夫，那位男子是当地有名的土财主。为人暴戾，动不动就对陈如葵又打又骂。

那天夜里，姜砚之下戏后，看见那位先生正在打骂陈如葵，他一时间没有忍住，失手打了他。

陈如葵惊叫道："你是阿砚，你还活着！当初我嫁人，听他们说，你死了……"

姜砚之这才知道，陈家人为了让陈如葵放心嫁人，竟然骗了她。

眼见着那男人从地上爬起来，陈如葵将姜砚之推开："你快走吧，他醒来了，肯定饶不了你。我知道你还活着，我就放心了。"

姜砚之说："如葵，你明明知道我想带你一起走。"

陈如葵含泪一笑："我已经成亲了啊，阿砚，我的弟弟，你一定要好好地活着。"

打那天过后，姜砚之拼命地学习唱戏，他发誓要成为名动天下的名角，只有这样他才能有足够的财富去迎娶陈如葵。他不想让陈如葵再受磨难。

"他努力地往上爬，爬到戏园最顶端，成为名角，这才敢去陈如葵面前，说出自己的心事。"爷爷说。

我听得入迷，有些激动地问：“那后来呢？”

"当时陈如葵的第二任丈夫也死了，她也担心自己是克夫命，会害死姜砚之。再加上，周围的舆论压力，她不敢拖累姜砚之，一直都没有答应。与此同时，姜砚之为了保护陈如葵不再遭受别人的指指点点，他把她特地接来了碧安城，买了一处梅院给她。"

"一直到姜砚之二十岁那年，他骗陈如葵说自己得了重病，临死之前只想满足一个心愿，娶她为妻。陈如葵这才答应了……"

只是，人生有一个成语叫一语成谶。

姜砚之与陈如葵成婚后不到半年，确实身染重病，他没敢告诉陈如葵，一直隐瞒着这件事情。每日照常去戏园里唱曲，陈如葵就坐在门边等他回来。

直到等来姜砚之晕倒的消息，陈如葵发疯似的跑进戏园，看见姜砚之躺在床上。

他的手里拿着一个双鹊妆奁，里面装着一块眉黛和一支金钗。

姜砚之说："如葵，我撒谎了，我一开始没有得病……"

陈如葵扑过去，抱着姜砚之："我知道，我都知道，那现在你也是骗我的对吗？你不会死。"

姜砚之轻轻地摸着陈如葵的脸颊，为她擦干泪，将梳妆盒递给她，说："昨天夜里你跟我说，你想学画眉，我特地给你买了，想着明天晚上送给你，我还想请你去聚乐楼里吃一顿好饭，然后去城郊湖畔看夕阳……"

"对不起，这些我都要食言了。"

陈如葵哭喊着说："阿砚，我不去了，这些地方我都不去了。我们回家吧，回家。"

"好像连回家，我也要食言了……"

那是姜砚之留给陈如葵的最后一句话，他说："如葵，若是来生我比你大八岁，我一定会更快找到你，让他们不骂你，只骂我……"

陈如葵眼睁睁地看着姜砚之断气。

她哭着大喊:"阿砚,冬天就要到了,蜡梅花就要开了,你不是答应过我,要和我一起吃蜡梅糕吗?"

爷爷说完陈大娘的故事,手上的妆奁已修补完好。

我忍不住擦了擦眼角的泪,责怪自己幼时不懂事,竟去糟蹋那满院的梅花。

此刻,转身看见桌上摆放的蜡梅糕,我忙拿起一个,塞进嘴中。

梅花芳香,绕齿温柔,那是他们的爱情留在人世间最香最柔的执念。